Annemarie Gründling

Mit Rückenwind in ein neues Leben

10 Jahre auf der Halbinsel Eiderstedt

Impressum:

Herstellung und Verlag: Books on Demand GmbH, Norderstedt
ISBN: 9783839162460

Ich zieh auf eine Insel.
Ein Wunder der Natur.
Ja, es ist meine Insel
in ein neues Leben.
Meine Insel Eiderstedt.
Meine neue Herausforderung.
Und jetzt beginnt meine Geschichte.

Sie wird mal von mir und mal von
meinem Hund, Bastie, erzählt.

Die Autorin

Annemarie Gründling, 1947 in Niedersachsen geboren. Als ex. Altenpflegerin sah ich mich bis zur Verrentung in meiner Lebensaufgabe. Bis ich dann die Liebe für die schöne Halbinsel Eiderstedt entdeckte. Diese wunderbare Insel, die mein Leben bis jetzt und heute noch ausmacht. Bis ich später mit kleinen lustigen Kurzgeschichten, Lebenserfahrungen aus Poesie und Frohsinn, meine ersten Erfolge hatte. Ich fotografiere (Sonnenuntergänge - die Natur), male fröhliche Gedankenbilder (mit Acryl), arbeite sehr oft an meinem PC, schreibe und lese gern. Diese kreativen Arbeiten sind auch auf meiner Homepage zu sehen. Die Liebe zu meinem Mann ist mehr als man mit Worten sagen kann und wird mit derselben Intensität erwidert. Jeder von uns erahnt, wie sich der andere gerade fühlt und was er im Moment denkt und braucht. Dazu gehört unser Basti, ein Labradorrüde. Er hört auch gern auf den Namen: Bootsmann. Passt doch super hier zur Nordsee. Auch er bereichert unsere kleine Familie mit viel Spaß und Frohsinn.

Einleitung

Jeder Mensch ist ein Unikat – und diese Verschiedenheit der Charaktere lässt uns alle unterschiedlich denken und handeln. Ich möchte, dass meine Worte aus Hoffnung und Erlebtem viele Menschen erreichen. Diese sollen sie ermutigen, vielleicht ihr Leben Revue passieren zu lassen oder sogar einen neuen Weg zu gehen. Mein Weg heißt heute und seit ca. 9 Jahren: Lebensveränderung durch ein Engelerlebnis, wie ich diese Geschichte benenne. Mein Gedanke ist, dass jeder Kraft durch Veränderung erleben kann. Wir hier auf der Erdkugel haben es oft nötig, ich auch. Doch musste ich erleben, dass jede Art dieser Veränderung auch nicht über Nacht geschieht.

Wenn ich also von diesem Thema spreche, meine ich damit nicht die Veränderung von einer Person, sondern Veränderung in den Gedanken und in der Art und Weise, wie der Mensch jeden Tag für sich angeht. Liebe Leser: jeder von uns sehnt sich nach positiver Veränderung. Gottes Kraft brauchen wir alle.

Mit Rückenwind in ein neues Leben

Im wunderschönen Wonnemonat Mai, wir schrieben das Jahr 2000, sind mein Hund und ich von Niedersachsen nach Schleswig-Holstein auf die Halbinsel Eiderstedt gezogen. Hier wollte ich ein ganz neues Leben beginnen. Ein Leben an der traumhaften Nordsee. Ein Gedanke, der für mich ein Leben lang in meinem Wunschpaket lagerte. Als Rentnerin hatte ich nun die freie Auswahl, selbst zu bestimmen, wie ich dieses neue Leben denn nun gestalten würde.

So landete ich mit Sack und Pack und mit meinem Hund Bastie in einer kleinen, fast wie für mich gebauten Wohnung. Sogar ein Garten gehörte dazu. Glücklichsein auf der einen Seite, doch die vielen, vielen Umzugs-kartons riefen mich stündlich, nein auch täglich: befreit uns von unseren Lasten, denn es ist doch so schwer, immer in den Ecken rumzustehen. Doch mein Bastie schwänzel-te auch um mich herum, denn auch er hatte seine Rechte wie z. B. herumschnuppern, ich nenne es auch "Zeitung lesen" oder, noch viel besser, die neuen Freunde und Wege auskundschaften. Das hieß für mich, jeden Tag neu anfan-gen und gar nicht erst lange überlegen, denn das brachte nur unnötigen Stress mit sich. Genau dieses Wort „Stress" hatte ich aus meinen Rentnergedanken eigentlich gestrichen, als ich hier in meinem neuen Leben ankam. Ich startete durch. Nach knapp einer Woche war ich in meiner kleinen, neuen, schnuckeligen Wohnung, zumindest was die Einrichtung betraf, gern angekommen. Das heißt soviel wie schön und gemütlich eingerichtet! Für mich musste ich feststellen: jeden Tag umziehen, das wollte und musste ich nicht haben. Wie das Leben so spielte, wanderten meine Möbel noch viele Wochen von einer Ecke in die andere. Was sollte das bloß auf die Dauer werden? Meine Pflanzen ließen einfach alle Blätter hängen und schauten mich täglich trauriger an. Doch mein Bastie machte es sich nicht so schwer mit seiner Entscheidung. Er war so clever und zog mit seiner Decke, seinem Knuddelaffen, wie selbstverständlich auf mein Sofa, denn dort war er stets ganz nah bei Frauchen zum Kuscheln. Außerdem war es doch da immer so heimelig und warm. Bastie hatte so seine eigenen Gedanken, denn schließlich war er doch der beste Freund von seinem Frauchen und das mit ganzem Herzen und allen vier Pfoten.

Besonders wenn sie vom Einkaufen kam, lag da jedesmal so ein leckeres rundes Teilchen "extra für mich" in ihrem Korb. Sie verwöhnt mich eben doch immer wieder.
Viele Wochen waren nun schon vergangen und mein Frauchen hatte richtig doll geackert mit dem Möbelschie-

ben. Da kehrte so ganz langsam die Normalität in unser neues Leben ein. Mein Frauchen saß endlich abends mal ganz ruhig und entspannt bei mir auf dem Sofa. Das gab mir ein Gefühl: angekommen in der neuen Heimat. Dafür wedelte ich auch gern mit meinem Schwänzchen und schleckte ihre Hände als Danke für alles.

Auch wenn ich jetzt eigentlich Gassi laufen müsste! Stellt euch vor, sogar wir müssen mal warten. Vorher verrate ich euch schnell noch etwas. In unserer neuen Wohlfühloase gab es im Wohnzimmer nämlich eine Terrassentür, und genau diese machte Frauchen auf, wenn ich mal schnell mein Beinchen heben musste. Ist das nicht eine dolle Lösung? Aber es gab auch eine Vorschrift: Bei den Blumen war Beinchenheben verboten. Das glaubt mir keiner, doch es war so: Selbst im Dunkeln dachte ich daran. War ich nicht spitzenmäßig erzogen? Das mochte ich an ihr: Verbote wurden immer mit Liebe gesagt.

Mittlerweile hatte auch unser Garten sich wunderbar verändert. Natürlich mit Frauchens Hände Arbeit. Wir hatten eine schöne Terrasse mit Gartenmöbeln, wo auch für mich eine Decke zum Ausruhen lag. Viele bunte Blumen leuchteten in einem Beet.

Obwohl ich manche Düfte nicht so gern mochte wie zum Beispiel ... ich glaube, die ... oh ich muss mal eben nachdenken ... ja, die hießen Lavendel. Da konnte einem rich-

tig schwindlig werden. Ich sage die Wahrheit, das kann mir jeder glauben. Wie gut, dass menschliche Geschmäcker alle verschieden sind. Bin ich doch froh darüber!

So verging nun die Zeit und meine Menschenfreundin und ich hatten uns sehr gut eingelebt auf der Halbinsel Eiderstedt. Die Menschen waren alle sehr nett, freundlich und aufgeschlossen.

Wisst ihr was? Ich lege mich für eine kurze Zeit in mein Körbchen, denn für heute habe ich genug Zeitung gelesen: Immer an vielen grünen leckeren Gräsern und Büschen riechen, da habe ich mir doch eine Pause verdient. Oder?

Wie schön, das Bastie mich endlich auch mal zu Wort kommen lässt.

Wie schon erwähnt: Wir hatten uns wirklich wunderbar eingelebt. Mittlerweile kannte ich mich auch recht gut in der Stadt aus. Mich grüßten sogar Einheimische mit: „Moin Moin!". Das tat mir gut und ich fühlte mich dabei echt angenommen.

Der Sommer war ganz toll, so dass wir zwei viel Sport machten und lange am Strand spazierten, mein Bastie mit vielen Freunden im Meer durch die hohen Wellen tobte, um danach wie Speedy Gonzalez den Strand entlang zu rasen. Trotzdem hatte ich manchmal in meinem Bauch so ein komisches Gefühl. Ich konnte es kaum beschreiben. Es war halt ab und zu einfach da. Obwohl ich doch alles um mich herum so schön hatte und auch zufrieden war. Doch konnte ich dagegen einfach nichts tun. Es kam immer wieder mal durch. Nannte man so etwas vielleicht: Heimweh?

Eines Abends, es war an einem Freitag, das Fernsehprogramm ging mir auf die Nerven und ich war mit diesem Tag nicht so richtig zufrieden, auch mit mir selber nicht, ich hatte schlecht und wenig geschlafen – dies war halt nicht mein Tag – lag mein Bastie seelenruhig, lieb schlummernd in seiner Sofaecke. Jedoch war ein Auge immer auf mich gerichtet, es könnte ja sein, dass ich ein bestimmtes Wort sagte.

Ich legte ganz schnell meine Leine vor ihre Füße. Ich war schon ein drolliges Kerlchen, wie mich manche auch nannten.
Es begann folgendermaßen: An diesem komischen Freitagabend war alles anders als sonst. Warum, konnte ich auch nicht erklären. Hatte mein Frauchen vielleicht schlechte Laune? Ich spürte das ganz genau. Ja, das war so. Auch Hunde haben echte Gefühle und eine gute Spürnase. Ich hatte mein Abendessen gerade genossen, da stand Frauchen schon mit der Leine wortlos vor mir. Natürlich wusste ich sofort, jetzt geht die Post ab. Laufen,

laufen und und nochmals laufen. Für meine männliche Figur spitzenmäßig. Aber was war denn das? Heute war dieser Freitag aber echt superkomisch!! Mein Frauchen hat mit mir nur ganz wenig geredet. Wollte sie evtl. wieder zurück in die alte Heimat? Auch zu allen vorbeigehenden Freunden war sie leiser als sonst. War da vielleicht doch etwas? Was ich noch nicht so wusste? Also blieb ich zur Vorsicht mal ganz schön leise Schritt für Schritt neben meiner so lieben Freundin. Sie merkte nicht einmal, dass meine Äuglein des öfteren zu ihr nach oben schauten. Es war aber auch eine blöde Situation. Auweia, auch die Wolken wurden immer dunkler oder wie heißt das? Aber hallo, es machte einfach ruckzuck und Frauchen kehrte um.

Jetzt hatte auch ich keinen Plan, was nun abgehen sollte, es war mir so egal, denn wir zwei waren doch ein einge-spieltes Team. Außerdem wollte ich ja auch gern, solange mir kein Hase über den Weg lief, brav und folgsam sein. So kamen wir vom Spazierweg auf unsere Kreuzung zu. Rüber gelaufen und wir wären zu Hause gewesen. Ich habe es ja schon eben verraten. Heute, an diesem Freitag, war echt alles anders. Konnte mich vielleicht mal irgendeiner ver-stehen? Denn mir selber ging es innen bei meinem Bauch komischerweise auch nicht so prall. Ja ja, eine Erklärung hab ich jetzt nicht parat. Hunde sind halt auch mal sprach-

los. Als wir so gerade eben über die Kreuzung waren, sagte Frauchen etwas zu mir. Doch ich konnte sie gar nicht verstehen. Was war denn dieses jetzt? Wie ein Windhauch leicht kühl rauschte es über meinen Körper. Aber Frauchen, wo bist du denn? Natürlich dicht neben mir, wo denn sonst? Als ich mal eben nach hinten sehen wollte, ob eventuell doch noch eine Freundin zu erhaschen war, meinte ich und es war wohl auch so, dass mein Frauchen zu mir sagte: Bastie, komm endlich wir wollen nach Hause, es gibt für heute nichts mehr zu Schnüffeln. Manchmal bist du ganz schön gierig, hörte ich sie noch sagen. Wie ich nun mal war, ein letztes Mal noch von rechts um die Ecke blinzeln. Wegen des leisen Windhauchs wisst ihr? Da, da genau da war es schon passiert. Ein Schreck, sogar ein bisschen leises Zittern. Denn hinter mir stand ein Mann. Er lächelte sogar und sah mir in meine Augen. In diesem Moment hatte mein Frauchen ihn, diesen Fremden, auch schon entdeckt. Doch ab jetzt sollte ich wohl mein kleines süßes Schnäuzchen halten, was ich nicht gern tat, aber es ging wie von alleine. Wenn Erwachsene reden, haben Kinder nichts zu melden. Galt das etwa auch für mich? Ist in Ordnung. Nicht immer, aber immer öfter. Wau wau! Also habe ich das Wort den Beiden überlassen.

Danke kleiner Bastie, dass du mich jetzt auch mal zu Wort kommen lässt.

War meine Menschenfreundin nicht lieb? Wir konnten uns beide auch schweigend unterhalten, so von Herz zu Herz. Das nannte ich LIEBE!

Da stand er nun vor uns. Ein mir fremder Mann. Weil dieser Tag ja heute nicht der meinige, war hatte ich ja immer noch dieses komische Bauchgefühl in mir. Plötzlich wie von alleine und selbstverständlich gab dieser Fremde mir seine Hand und sagte: Guten Abend! Nicht „Moin Moin" wie die hiesigen Insulaner. Bei der Begrüßung schaute er mir in die Augen, doch gleichzeitig streichelte er auch meinen kleinen Bastie. Der saß ganz still neben meinen Füßen. Ich wollte eben was sagen, da: ich beschreib es mal folgendermaßen. Er sagte: „Du bist aber ein braver Hund und so lieb." Das konnte ich natürlich gern mit einem lieben „Ja" bestätigen. So begann zwischen diesem für mich doch so fremden Mann und mir ein Gespräch. Leger und locker über Land und Leute, die wunderschöne Natur mit all den niedlichen Schafen und über die großen, dicken braunen Kühe mit dem braunen gelockten Fell.
Auweia, wie die Rasse aber hieß, wusste ich nicht. Mir war wohl bekannt, dass es besondere Kühe waren. Wie

soll ich das jetzt erklären? Denn mitten im Gespräch merkte ich, dass wir Drei unterhaltenderweise immer weiter spazierten. Sogar in eine Richtung, die ich auch mit Bastie niemals alleine gegangen wäre. So sagte ich zu diesem Mann: „Normalerweise gehe ich mit meinem Hund nie weiter als bis zum gelben Stadtschild und jetzt waren wir schon viel weiter hinter diesem Schild." „Aber liebe Frau, Sie brauchen doch mit mir und auch alleine überhaupt keine Angst zu haben." Wie sollte ich das jetzt verstehen? Ich hatte während der ganzen Zeit dieser Unterhaltung kein ungutes Gefühl. Im Gegenteil. Mir ging es in dieser Unterhaltung wie schon lange nicht mehr richtig gut. Denn ich hatte doch dieser völlig fremden Person so ganz einfach von alleine mein Herz ausgeschüttet. Dieser Mensch hörte mir die ganze Zeit in aller Ruhe immer wieder wortlos sehr geduldig zu. Aber mittlerweile war es schon fast dunkel geworden und wir kehrten um in Richtung nach Hause. Mir ist aufgefallen, dass ich während dieser Unterhaltung ganz ruhig und gelassen war. Ebenso habe ich die Ratschläge ohne ein Widerwort so angenommen, was ja gar nicht meine Art war. Wie sagt man immer so schön: „Frauen müssen immer das letzte Wort haben". Nebenbei gesagt glaube ich diese Aussage bis heute nicht. Auch gut, und weiter im Text. In der so langen Zeit des Spazierengehens war es inzwischen schon fast zwanzig

Uhr dreißig. Also waren mal eben zwei Stunden vergangen. Diese ganze Zeit schaute ich mir meinen Gesprächspartner immer und immer wieder genau an. Bis zum heutigen Tag habe ich diese Person nicht vergessen. Also: Er war so groß wie ich und hatte blonde, gelockte Haare, blaue Augen, die eine ganz besondere Ausstrahlung für mich hatten. Seine Brille nicht zu vergessen. Bekleidet war er mit einer blauen Jeans und einem blauen Hemd. Über seiner Schulter hing ein brauner Pullover. An seinen Füßen trug er hellbraune Halbschuhe. Was ich komisch fand: bei diesen herbstlichen Temperaturen hatte er keine Socken an, also barfüssig! All das, dieses gesamte Erscheinungsbild, hat mir schon sehr gut gefallen. Wobei ich dazu sagen muss, dass ich zu der Zeit noch solo war. Komisch, mein Bastie war immer noch so lieb an meiner Seite.

Wie dem auch sei, es war halt alles seltsam, was in den letzten zwei Stunden in diesem Zweiergespräch abging. In diesem Moment hätte ich nichts erklären können. Es war halt rund um mich herum so ein ruhiges und gelassenes Gefühl. Weiter wollte ich auch gar nicht mehr nachdenken. Denn wir waren mittlerweile schon wieder an unserer Kreuzung des Kennenlernens angekommen. Man mag es kaum glauben. Doch dieser fremde Mensch war mir während unserer Unterhaltung sehr sympathisch geworden.

Daher sagte ich: „Ihr Gespräch hat mir sehr gutgetan und auch sehr geholfen. Ich habe Ihnen nicht nur meine Gedanken, sondern auch aus meinem rückwärtigen Leben alles erzählt. Als wenn wir uns schon lange gekannt hätten." Wie von alleine fragte ich dann den Mann: „Darf ich vielleicht fragen, ob Sie hier in Urlaub sind? Oder wohnen Sie eventuell hier in diesem Umkreis der Stadt? Gern würde ich Sie auch mal wieder sehen." Auf einmal fing Bastie ganz komisch an zu winseln, aber ganz leise. Ich nahm ihn schnell auf meinen Arm und sagte: „Wir sind auch gleich zu Hause, OK?" und setzte ihn wieder auf den Boden zurück. Seine kleinen Äuglein sahen auch mittlerweile ein bisschen müde aus.

Jetzt standen wir wieder an unserer Straßenkreuzung, wo wir uns ja nun kennengelernt hatten. Also kurz vor meinem Zuhause. Da stand ER. Direkt vor mir nahm er meine Hände und schaute mir direkt in meine Augen. Jetzt war mir doch einwenig mulmig ums Herz. Er meinte: „Liebe Frau, Sie brauchen doch jetzt nicht zu zittern. Ich kann Sie sehr gut verstehen und glaube auch mit Ihnen zu fühlen." Ich konnte nicht anders und fragte noch einmal: „Von woher kommen Sie denn nun überhaupt?" Er drehte sich etwas zur Seite und streckte seine rechte Hand halb nach oben wie ein Pfeil. Seine Antwort war: „Ich wohne und komme von dort." Die Richtung zeigte zum Marktplatz der Stadt, wo auch unsere Kirche stand. Okay dachte ich, dann wohnt er wohl hier im Umkreis. Anschließend sagte er zu mir: „Ich danke Ihnen, dass Sie doch viel Vertrauen zu mir hatten und mir ihr Herz in der Zeit des Spazierengehens ausgeschüttet haben. So glaube ich, dass Sie den Sinn meiner Worte für sich gut verstanden haben, denn jeder Mensch hat seinen eigenen Weg durch Höhen und Tiefen zu gehen. Auch werden sich im Laufe der Jahre so einige Kurven zeigen, wo nicht jeder gleich verzagen sollte. Mit viel Ruhe und Gelassenheit wird sich eventuell eine Lösung finden." Dann ließ er meine Hände los. Es ist wirklich wahr, vor lauter Zittern konnte ich nicht mehr antworten. „Nun wünsche ich Ihnen und dem kleinen Bastie eine ruhige friedliche Nacht. Jetzt möchte ich doch die letzte Frage nicht vergessen: Wir werden uns sicher irgendwann mal wieder sehen?" Er lächelte noch einmal drehte sich um und ging in die Richtung Marktplatz.

Jetzt wird sich kaum jemand noch vorstellen können, was nun geschah: Zirka zehn Schritte und ich war in meinem Zuhause. Klein Bastie abgeleint und auf seine Sofadecke gelegt, Jacke angezogen, die Autoschlüssel geschnappt und im rasenden Tempo ab ins Auto. Dieser Mann konnte doch noch gar nicht weit weg sein. Nichts, aber auch niemand war irgendwo hier im Umkreis zu sehen. Es war mit der Zeit auch schon dunkel geworden und daher fuhr ich natürlich auch schneller als ich durfte. Na klar, auch durch alle kleinen Nebenstraßen durch die Stadt, hin zum Marktplatz. Es war ja nun schon fast einundzwanzig Uhr. Auf dem Rückweg kurz vor meinem Haus kam mir ein Nachbar auch mit seinem Hund entgegen. Was der wohl von mit dachte wegen des Tempos. Aber egal: umdrehen und ab nach Hause! Vor lauter Aufregung vergaß ich sogar, das Auto abzuschließen. Also nochmal raus und dann war es aber genug für heute. Dachte ich. Klein Bastie war wohl so müde, dass er mich kurz anblinzelte. Schwänzlein wedelnd sagte er mir so: Gute Nacht.

Jetzt brauchte ich erstmal einen heißen Cappuccino und eine Zigarette. Ich dachte oder dachte auch nicht. Keiner wusste es so ganz genau. Der Versuch, mich ins Bett zu legen, scheiterte völlig. Also bin ich aufgestanden und habe mir leise die Flimmerkiste angemacht. Wie konnte es anders auch sein. Alle Kanäle hatten viele Themen und auch Krimis. Aber für meine aufgeregten kleinen Gehirnzellen gleich null.

Also gut. Wegen der Nachbarn legte ich meine Lieblings-CD leise ein und versuchte, mich zu entspannen. Auch das funktionierte nicht. Also kochte ich mir noch einen heißen „Cappu" in der Hoffnung, nun durch diese Wärme eventuell jetzt endlich auch schlafen zu können. Die Zeit verlief wie im Flug. Es war doch tatsächlich schon vier Uhr morgens. An länger Schlafen war nicht zu denken, denn mein Bastie forderte sein Recht. Es ging also kein Weg dran vorbei. Wieder in mein Bett gekrabbelt und erneut versucht, zur Ruhe zu kommen. Ich war wohl doch zu sehr übermüdet, denn als ich endlich aufwachte, stand mein Bastie schon vor meinem Bett. In einer strahlenden hellen Freundlichkeit lachte die Sonne in mein Fenster. Jetzt schnell Gassi gehen, danach noch Zeitung und Brötchen holen war für mich angesagt. Nicht zu vergessen, meine kleine Kaffeemaschine anzustellen! Das war jeden Morgen ganz wichtig und erholsam für mich.

Diese Freude ließ auch nicht allzu lange auf sich warten. Mein kleiner „Hundefreund" konnte vom morgendlichen Schnuppern, seine Freunde, ebenso auch alle Pferde zu grüßen, gerade heute morgen nicht genug bekommen. Ich aber wollte gern ganz schnell nach Hause. Mein Kaffeedurst und mein Magen riefen: „Aber Hallo: Hunger!" Außerdem waren meine vielen Gedanken und Gefühle vom gestrigen Abend alle noch nicht sortiert und ins Reine gebracht. Meine so kleinen Gehirnströme waren immer noch auf mehrere Fragezeichen programmiert. Neben mir wurden auf einmal wauliche Töne laut. Konnte das denn wohl wahr sein? So etwas war mir ja noch niemals passiert. Auch mein Hund hatte seine Bedürfnisse: riesigen Hunger. „Mein lieber Schatz, ich bitte vielmals um Entschuldigung! Für meine Schusseligkeit bekommst du auch nachher einen leckeren Knochen."

„Au ja, vielen Dank, liebes Frauchen, für diese Extrawurst. Nee, du sagtest doch Knochen oder? Schmeckt aber genau so lecker."

Nun endlich saß ich selbst an meinem gemütlich gedeckten Frühstückstisch.
Die Terrassentür war offen zum Rein- und Rauslaufen für den Kleinen gedacht. Natürlich aber auch für mich selbst. Denn es gab doch nichts Schöneres, als bei strahlender Sonne und Vogelgesang, dazu meinem heißen duftenden Kaffee mit einem frischen, leckeren, knusprigen Honigbrötchen und der aktuellen Tageszeitung, den Morgen zu genießen.
Heute hatte die Zeitung eine besondere Wichtigkeit für mich. Es war nämlich so: der gestrige Überraschungsabend, verbunden mit der so kurzen Schlafzeit, hatte in mir eine völlig neue fröhliche Gedankenwelt aufgemacht. Und die sah heute folgendermaßen aus. Man höre und staune! Oder auch nicht? Es ist doch schließlich normal, dass der Mensch seine Meinung auch ändern kann? Dem

war dann komischerweise auch so. Nun endlich war für mich klar, dass ich hier in diesem so schönen Luftkurort auf Eiderstedt bleiben wollte. Verbunden mit einem stillen Wunsch: Gern würde ich eine größere Wohnung haben. Ergo musste ich in meiner Zeitung suchen. Ganz gezielt schlug ich die Wohnungsangebote auf.

Was sich dort auftat, war schon echt heftig, eine Wohnung war zu groß und andere waren nicht zu bezahlen. Und so ging es immer weiter. Ich wurde nach längerer Zeit schon ein bisschen traurig, denn ich hatte mich eigentlich schon gefreut, bestimmt etwas Passendes zu finden.
Doch leider Fehlanzeige. Na gut, dachte ich, mich drängelt ja niemand. Doch irgendwie war in mir solch komische Unruhe, die ich im Moment nicht einmal erklären konnte. Also schaute ich in alle anderen Rubriken. Wie zum Beispiel: Haus zu vermieten. Obwohl das ja vom Preis-Leistungs-Verhältnis für mich überhaupt niemals zur Debatte stand. Zwischendurch noch ein Tässchen Kaffee, und wieder musste ich an den gestrigen Abend denken. Doch auf einmal, was sahen meine Argusaugen denn da? Vermiete drei Zimmer, Küche, Bad mit einem Balkon. Miete? „Aber Hallo!“ Die war für mich sogar erschwinglich. Keine lange Überlegung. Auch an einem Sonnabend rief ich dort sofort an. Eine nette Herrenstimme sagte:

24

„Moin Moin." Das hörte sich doch schon mal sehr freundlich an.

Nachdem der Vermieter mir nach einer Zeit alles erklärt hatte, musste ich ihm ja auch sagen, dass ich einen kleinen Hund habe. Langer Rede kurzer Sinn: „Liebe Frau, es tut mir schrecklich leid, doch wir vermieten nicht an Leute mit einem Hund, denn wir haben mit dem Vormieter sehr schlechte Erfahrungen gemacht." Meine so freudige und hoffende Stimmung kullerte sogleich in den Keller. „Schade, das tut mir aber leid. Dann kann man halt nichts machen. Vielen Dank, und Ihnen noch ein schönes Wochenende". Na toll, dachte ich so bei mir.

Nach längerem Nachdenken, als ich mich wieder etwas beruhigt hatte, kam mir doch ein genialer Gedanke! Mein Bastie spielte noch so schön auf dem Rasen mit seinem Nachbarfreund Tom, als er merkte dass ich mit seiner Leine raschelte. Sein Kopf nach oben, und schnell wie ein Blitz saß er vor meinen Füßen.

Na Frauchen, hast du dich wieder etwas beruhigt? Wo sollte es denn bloß hingehen? Ich hatte keinerlei Ahnung. Doch mein Frauchen war für Überraschungen immer schnell am Ball. Also liefen wir zwei los. Aber wohin denn? Sie erzählte und erzählte, doch ich verstand immer nur Bahnhof. Kann sich das keiner vorstellen? Ja, so was

gibt es auch in der kleinen Hundewelt. Doch nach länge-
rer Zeit taten mir meine kleinen vier Pfoten weh. Ich hatte
ja kaum Zeit, mal mein Bein zu heben. Das schien aber in
diesem Moment gar nicht wichtig zu sein. Frauchen sagte
immer nur: „mein Kleiner, bald sind wir da". Noch einmal
um die Kurve und sie hatte Wort gehalten.
Da standen wir schon vor einem weißen Haus. Dort war
ein Mann im Garten am Rasen mähen. Freundlich wie wir
beide nun mal waren, sagten wir: „Moin Moin." Der
Rasenmäher wurde eben ausgemacht und unser Gruß sehr
freundlich erwidert.

Bastie setzte sich, Gott sei Dank, lieb und brav neben
meine Füße. Wie es sich gehört, wedelte er noch mit seinem kleinen Schwänzchen. „Sind sie vielleicht die Dame,
die wegen der Wohnung angerufen hatte?"
Woher wusste dieser Mann, dass ich diese Frau war?
Bevor ich nachdenken konnte, kam er auch schon auf uns
zu. Wieder musste ich an gestern Abend denken. Das ließ
mich ja nicht mehr los. Soll ich euch etwas sagen? Dann
hat der Herr meinen Bastie einfach gestreichelt. Ich lächelte freundlich und leise erwiderte ich seine Frage mit: „Ja,
die bin ich."
Meine Neugier hat mich letztendlich hierher geführt. Wir
wollten doch nur so gern sehen wo wir leider nicht einzie-

hen dürfen. Dann schaute dieser nette Herr uns beide an und meinte: „dort im Pavillon sitzt meine Frau, ich glaube da gehen wir mal eben hin." Staunend und erschrocken zugleich folgten wir ganz brav den Weg zum Garten in den Pavillon.

„Aber hallo", schnupper schnupper, dort roch es aber lecker nach Kaffee, vielleicht lag dort ja auch ausnahmsweise mal ein klitzekleiner „Hundekuchen" für mich? Ach nein, wie dumm von mir, den hatte mein Frauchen doch in ihrer Hosentasche für mich versteckt. So was machte sie immer mit mir. So manches Mal, ich meinte ja nur so am Rande erwähnt, ok?
Das war im Moment ja auch nicht so wichtig. Also legte ich mich als gut erzogener Hund ruhig und ganz lieb an Frauchens Füße. Ihre Hosentasche aber immer im Auge behaltend.
Nach einer freundlichen Begrüßung bekam meine Menschenfreundin sogar eine Tasse Kaffee angeboten und dann haben sich die Erwachsenen ruhig unterhalten, wie alte Freunde. Das verstand ich ja nun gar nicht.
Denn eigentlich war man sich doch fremd und da dauerte es immer etwas länger, bis das eine oder andere Wort gesagt werden konnte. Oder täusche ich mich jetzt? Na ja ist mir auch gleich. Ich erfreute mich der schönen Blumen.

27

Es duftete mal wieder so richtig allergisch für meine kleine Nase. Ich traute meinen Ohren kaum. Die drei waren am Lachen und ließen sich den Apfelkuchen richtig gut schmecken. Ich verstand das immer noch nicht. Vielleicht war mein kleines Hundegehirn dafür ja auch zu klein. Ich wollte gerade eben wieder mal weiterdenken, denn neben dem Baum saß in aller Ruhe ein kleines Vögelchen, da gab mir mein Frauchen doch echt ein klitzekleines Stückchen Kuchen. Hm, war das aber lecker.

Doch die fremde Frau war in der Zeit ins Haus gegangen und kam mit einer Schale Wasser wieder. Freundlich wedelte ich dankend mit meinem Schwänzchen. Jetzt war Ohrenspitzen und Zuhören angesagt. Denn in diesem Augenblick hatte mein Frauchen das Wort für sich übernommen. Es wurde ja auch langsam mal Zeit.

„Nun liebe Familie, wenn Sie sich nach unserer Unterhaltung nun doch für Bastie und mich entschieden haben, könnte ich vor Freude jetzt hier durch Ihren duftenden, so wunderschönen Garten tanzen. Darüber freuen wir uns. Darum machen wir doch am besten sofort den Mietvertrag. Oder?" „Na klar, gern doch." Nun ging der Herr in sein Haus und kam mit Papier und Schreiberling wieder. Was soll ich sagen. Nach diesem lustigen Kuchenkaffeeklatsch in mediterraner Gartenatmosphäre war unser neuer Mietvertrag unter Dach und Fach. Niemals hätte ich gedacht, dass wir durch unser menschliches Kennenlernen den Vermieter davon überzeugen konnten, dass nicht alle Menschen und Hunde gleich waren. Dies war für mich und meinen kleinen Bastie ein riesiges Erfolgserlebnis an einem Freitag. Ich dachte so bei mir: dem lieben Gott sei Dank! Ich wollte die ganze Welt umarmen. So glücklich war ich für uns zwei. Vor allem war es ja so: Die Vermieter waren tatsächlich davon überzeugt, ein Hund kommt uns nicht wieder ins Haus. Dann durften wir uns doch unsere Doppelhaushälfte ansehen. Ich konnte es alles kaum glauben.

Frauchen, kneif mich doch mal eben, nein sie tat es aber nicht. Das war auch gut so. Denn ich hatte doch jetzt viel viel Wichtigeres zu tun. Mein Frauchen verteilte in Gedanken schon ihr Mobiliar. Auf einmal fing sie an zu lachen. Warum? Wieso? Ruck Zuck war ich auf ihrem Arm.

So, mein kleiner Freund, dort wird dann deine Kuschelecke ihren Platz finden. Wie findest du das?

Ich? Schnell nachdenken: Aber klar doch. Freu, freu und flink mal eben wedeln. Das machte immer einen lieben, guten Eindruck.

Jetzt hatten wir alle Wohnlichkeiten genau begutachtet und unser Herz war mehr als zufrieden und überglücklich. Mit innerer Freundlichkeit, guter Laune und Danke, Danke verabschiedeten wir uns von unserem neuen Vermieter. Mein Herz fing an zu singen, mein Bastie merkte vor lauter Freude gar nicht, dass wir beide in einem schnellen Tempo schon bald wieder in unserer anderen Wohnung waren. Wie konnte es anders auch sein. Jetzt brauchte ich als erstes einen super süßen Cappuccino und ein knackiges Leckerli für meinen kleinen Freund.

Noch etwas außer Atem, schnell meine Hausschuhe angezogen und klein Bastie lag in Windeseile in seiner Sofagemütlichkeit.

Aber was war denn das jetzt? Frauchen saß strahlend mit ihrem „Cappu" neben mir in ihrer Ecke und ich?
Wo blieb ich, nein, ich meine: mein so lecker Knackiges? Ich schlief ja nicht auf dem Baum. Wedel, wedel und ganz leise knurren, so richtig in Liebe. Wenn das jetzt einer verstehen könnte. Ich lach mich doch echt vom Sofa. Sie hatte es gemerkt, stand auf und holte aus der Leckerlischublade meinen Riegel der Belohnung. Schließlich bin ich ja im Eiltempo mit Frauchen nach Hause gesaust.

Für einen Moment kehrte nun tatsächlich Ruhe auf unserem Sofa ein. Ich sag es ja immer wieder: Mein Kleiner sieht das alles sehr cool und locker.

Doch das sollte sich ganz schnell ändern, denn ab sofort hieß es für mich: Tag für Tag und Stunde für Stunde alle Kartons wieder aus der Garage schleppen, natürlich auch Zeitungen zum Einwickeln daneben legen.

Wenn das alles nur nicht den Staub so aufwirbeln würde, da mussten wir jetzt durch.

Als ich dann später endlich in meinem Bett lag, musste ich doch leise schmunzeln, denn Bastie lag in seinem Körbchen auf dem Rücken und hatte alle Viere von sich gestreckt. Seine Art, völlige Entspannung zu zeigen. Nur ich konnte vor lauter Denken und Planen kein Auge zumachen. Selbst Lesen oder Musikhören hatte diese Nacht keinerlei Wirkung. Darum suchte ich mir einfach meinen Notizblock und schrieb die Gedanken auf, die mir grade in meinen Kopf kamen. Irgendwie bin ich dann doch noch eingeschlafen und wurde mit leisen Stupsen am frühen Morgen von dem Quirlie geweckt. Wie konnte es anders sein, ich machte an diesem Morgen die Terrassentür auf und schwupps war Bastie um die Ecke und ich hatte erstmal meine Ruhe. Doch was war denn das? Noch nie dagewesen, Bastie bellte.

Das war jetzt urkomisch. Ich hab ihn gerufen, doch nichts geschah, er kam einfach nicht. Ohne lange nachzudenken ging ich im Schlafanzug in den Garten. Fehlanzeige keiner war da. Nein, jetzt nicht aufregen, dachte ich bei mir. Doch plötzlich hörte ich um die Garage herum, vor der Haustür ein leises Wimmern. „Na, da bist du ja mein kleiner Wirbelwind. Warum kommst du denn nicht? Ich habe dich doch schon so oft gerufen!" Ich schaute ihn an und da war mir alles klar, denn vor unserer Haustür lag eine Tüte mit frischen Brötchen. So etwas hatte bisher noch niemand gebracht. Ich war so erstaunt, dass ich gar nicht bemerkte, dass Bastie auch sehr verlegen war. Mit Recht, denn er hatte bereits ein Brötchen aus der Tüte stibitzt. Keine Sorge. Ich habe auch nicht geschimpft, denn die ganze Situation war eine Ausnahme. Die hatten wir noch nie. Ich nahm die Tüte und wir beide schlenderten über die Terrasse wieder in unser Wohnzimmer. Über mich selber musste ich erst einmal heftig lachen, weil ich mich noch im Schlafanzug entdeckte. Na, das war mir jetzt völlig schnuppe. In der Zwischenzeit war auch mein Kaffee schon fertig. Frischer Kaffee und Brötchen, das schmeckte mir nach dieser morgendlichen, doch so lustigen Aktion richtig lecker.

Trotz längeren Nachdenkens kam ich nicht drauf, welches Heinzelmännchen mir heute so eine liebe Überraschung gemacht hatte. Auch nach längerem Überlegen: nein ich fand die Lösung nicht. Also ab in meine Gedanken-schublade. Mein Telefon holte mich aus meiner Gedankenwelt. „Ja, hallo?" „Moin Moin, meine Liebe, hast du gut geschlafen, bist du schon mit dem Frühstücken fertig?" Au man so viele Fragen am frühen Morgen. Was ging denn hier ab? „Hallo, ich rede mit dir!" „Ach ja, ich bin noch da, ich war nur eben so in Gedanken versunken." „Na, dann bin ich doch beruhigt." sagte die Stimme an der anderen Seite. Endlich merkte ich, das war ja meine Freundin Ingchen. „Heh, du musst schon entschuldigen, ich war eben in diesem Moment völlig von der Rolle. Weißt Du warum?" „Nee, dann sag es mir doch jetzt." Als ich dann schließlich von meinem Erlebnis erzählt hatte, fing sie plötzlich ganz laut an zu lachen.

Jetzt war ich platt. Mir fehlte jetzt nicht nur die Spucke, sondern auch jedes weitere Wort.

„Nun will ich Dir mal was sagen, mein liebes Annchen. Nachdem gestern Abend alle Vögel von den Dächern die neue Nachricht trällerten, wollte ich Dir einfach eine klei-ne Freude machen und habe dir Brötchen vor Deine Haustür gelegt. Bist Du nun damit zufrieden, haben sie Dir lecker geschmeckt?" Au man, das war ein Supervolltreffer. Dann habe ich ihr aber doch die ganze Geschichte berich-tet und wir konnten uns vor lauter Lachen selber nicht mehr verstehen. „Weißt du was, ich bin gleich bei dir, mach noch schnell einen neuen Kaffee, ja? Na klar doch, das war für mich eine Selbstverständlichkeit. So wie eine innerliche Freude, denn wir verstanden uns in all den Jahren unserer Freundschaft teilweise auch ohne Worte. Ich hatte ihr ja auch mein Erlebnis mit dem fremden Mann sofort erzählt. Auch sie kam aus dem Staunen nicht heraus, was ja auch wohl für jeden anderen verständlich sein müsste. Kurze Zeit später, klingeling, da stand Ingchen vor mir. Sie strahlte mich an und nahm mich wortlos in die Arme. Das tat mir so gut, denn jetzt erst fiel die ganze Anspannung von mir, so dass ich vor lauter Freude weinen musste. Sogar mein Bastie kam angetapert:

„Was ist denn hier nun passiert?"

„Nein nein, ist ja alles gut, mein Kleiner."

Na dann bin ich ja wieder mal beruhigt. So geht es ja nicht mit euch Beiden. Ich hätte mich fast versprochen und wollte sagen: Euch zwei Turteltauben. Mein Freund hat mir mal verraten, dass man dieses Wort nur bei einem verliebten Pärchen sagen darf. Also sag ich mal: „sorry!"

Jetzt wollte ich doch meiner Freundin nochmals ausführlicher von diesem überraschenden Abend erzählen, wobei sie in diesem Moment natürlich genauso wie ich sehr nachdenklich wirkte. Wie fühlte ich mich denn an diesem gestrigen Abend? Doch Zeit zum Nachdenken hatte ich keine. Wie schon gesagt, mein Entschluss stand felsenfest, nichts war daran mehr zu rütteln. So nahmen dann die nächsten Wochen ihren Lauf. Nur eins durfte ich bei aller Planerei nicht vergessen, dabei erinnere ich mich immer wieder an meine Oma: „Kind, habe stets einen Spickzettel bei dir." Mir hat er in meinem Leben sehr viel Ärger erspart.

Viele Weisheiten älterer Menschen sollten sich in unserem Leben sicherlich widerspiegeln.

Meine Oma hatte also tatsächlich schon damals Recht. Was Recht ist soll auch Recht bleiben.

Neuer Start. Wieder alle Kartons aus den Ecken kramen. Was mir fehlte, waren viele, viele Zeitungen. Nach längerem Suchen kam mir doch tatsächlich der einfallsreiche Gedanke, draußen in der grünen Abfalltonne nachzusehen. Und tatsächlich, erstmal reichten diese.

In den nächsten Tagen lagen wie von alleine gestapelte Zeitungen vor meiner Haustür. So wurde ich doch nie müde, und das Packen lief fast wie ganz von allein. Der Umzug sollte ja Ende des Monats vonstatten gehen. Wieder musste ich nachdenken. Wie sollte das alles gehen? Eines Abends saß ich völlig entkräftet in meiner Sofaecke, als es klingelte. Vor mir standen meine Nachbarn: „Moin Moin, wir haben gehört, dass du umziehst." „Ja, das stimmt, doch kommt erst mal rein in die Umzugsstube!" Man glaubt es kaum, auch sie hatten alte Zeitungen unterm Arm. Ging diese ganze Sache mit rechten Dingen zu? Konnte das denn alles wahr sein? Dachte ich so bei mir. Oder wie sollte ich das alles verstehen? Hallo, Annchen, träumst du? Entschuldigung, ich war wohl eben mal kurz abwesend. Ja, hier bin ich, was habt ihr eben gesagt? Wir möchten dir anbieten bei deinem Umzug zu helfen und abends würden unsere Männer auch gern zupacken. Was sagst du zu unserer Planungshilfe? Ich war wieder einmal sprachlos und ein bisschen nah am Wasser gebaut. Schließlich war ich noch gar nicht dazu gekommen, überhaupt jemanden zu fragen. Ich war doch in Ruhe, Rentnerin, und meine Nachbarn gingen täglich zur Arbeit. Da war doch Vorsicht und Rücksicht in meiner kleinen Gedankenwelt angesagt. Ist das nicht auch normal? Na also!

Die Wochen waren vergangen ich hatte alles fein säuberlich und vorsichtig in alle Kartons und Körbe verpackt. Natürlich der Reihe nach im Flur gestapelt. Was mir doch letztendlich etwas Schwierigkeiten bereitete, waren die Schränke. Wie sollte ich diese allein auseinander bauen?

Die kleineren Teile waren ja nicht so schlimm, doch alles andere – ich musste mich halt in Geduld üben, bis der letzte Tag dann vor der Tür stand. Ich hatte mir schon einen genauen Plan für diesen Tag aufgeschrieben. Denn mein Lebensmotto hieß immer: Ordnung ist das halbe Leben. Na klar, ich weiß Bescheid: meine Oma hatte ja Recht. Wie gern habe ich mich oft an sie erinnert.

Mein Bastie lief in dieser Zeit an so manchen ungemütlichen Tagen völlig wuselig immer hinter mir her. Als wenn er sagen wollte: Hat dies hier auch alles irgendwann mal ein Ende?

Ja, mein Kleiner, noch drei Tage und dann: ich verspreche dir auch, mein Ehrenwort, dann, ja dann hab ich auch bald wieder viel Zeit, mit dir deine Freunde zu besuchen und auf große Schnupperspur zu gehen. Vor lauter Freude sprang er schnell auf meinen Arm, um nur einmal kurz zu kuscheln. Wie schön, denn das ließ mich für einen kurzen Moment zur Ruhe kommen. Dann gab es Abendbrot und ich wollte gern nur eben die Nachrichten sehen, als das Telefon klingelte. „Hallo? Hier ist deine Kleene (meine Freundin)". Wir redeten uns oft mit Spitznamen an, das war sehr lustig. „Na, was gibt es denn?" „Du, ich wollte dir nur eben noch schnell sagen, dass Erich (ihr Mann) für dich übermorgen in aller Früh mit einem LKW bei dir ist und so viele Sachen wie möglich in die neue Wohnung fährt. Ach ja, bald hätte ich es noch vergessen, er bringt noch seine zwei Kollegen mit, dadurch schaffen wir sehr viel – hallöchen, bist du noch in der Leitung?" Rief meine Freundin mir ins Ohr. Diese liebe Überraschung ließ meinen Puls im Moment sehr schnell schlagen. Wie gut, dass mein Sofa neben dem Telefon stand. „Ja, Kleene, ich habe alles genauestens verstanden." Sie meinte dann: „ich kann dich ja gut verstehen. Doch nun rege dich nicht weiter auf, wir sind alle für dich da und zusammen sind wir doch die Stärksten oder?" „Vielen, vielen Dank, meine Kleene, das wollte ich wohl meinen. Wofür sind Freunde sonst wohl da, wenn nicht auch für diese Situation? Wo du Recht hast da hast du Recht. Ich geh auch bald ins Bett, damit ich morgen früh „fit wie Turnschuh" bin. Ich wünsche euch ein: „Gut's Nächtle! Danke!" Doch an meine Bettruhe war noch lange nicht zu denken. Mein Zettel musste noch einmal her, um aufzuschreiben: morgen ganz früh Brötchen, Aufschnitt, Butter und Käse einkaufen. Denn wer arbeitet, hatte auch schließlich Kohldampf, wenn ich das mal so sagen darf. Irgendwann, als ich dann alles paratgelegt hatte, überkam mich doch eine gewisse Müdigkeit. Als ich dann aus dem Bad kam, musste ich vor lauter Freude leise schmunzeln, denn mein kleiner Bastie lag so richtig entspannt auf dem Rücken in seinem Nachtkörbchen und schnarchte leise vor sich hin.

Für mich ist das immer wieder schön mit anzusehen, dass auch Tiere uns Menschen sehr viel Liebe geben und sogar auch gern zeigen möchten. Eine ältere Dame aus meiner Heimatstadt sagte immer zu mir: Tiere sind halt doch die besseren Menschen. Womit sie meiner Meinung nach auch Recht hatte.

Als dann am nächsten Morgen mein Wecker bimmelte, wusste ich nicht einmal, wie lange ich geschlafen hatte. Mir kam die Zeit sehr kurz vor. Als erstes machte ich die Terrassentür auf, damit der Kleine als erster sein Beinchen heben konnte. Etwas später, ich gab mir im Bad nicht so viel Zeit, schnell anziehen und schwuppdiwupp, wir beide ab ins Auto und Plan B ausführen.

Wie? Was? Na klar, Brötchenholen stand doch auf meinem Zettel. Ab die Post und weg waren wir. Als ich dann mit meinen Einkäufen zurückkam, traute ich meinen Augen kaum. Mir war ja klar, dass ich nur wenig geschlafen hatte, doch dieses hier vor meiner Wohnung sprengte in diesem Moment alle Ketten. Vor mir stand ein LKW mit Besatzung. Meine Freunde, sechs Mann an der Zahl, alle in voller Montur. Das heißt: Mit Decken, Besen und Schrubber.

Denn die Endreinigung sollte abends auch noch vollzogen werden. Hatte man da noch Worte? Nein, ich bestimmt nicht mehr. Mit freundlicher Begrüßung und einem: „Moin

Moin" wurde dann die Arbeit verteilt. Und ich, wo blieb denn ich? Nein wir Zwei? Na das war doch ganz klar. „Wieso?" „Weil du dafür sorgst, das unser Bauch nicht knurrt. Den ganzen anderen Rest überlässt du in aller Ruhe nur uns Männern. Du warst außerdem schon fleißig genug. Alle Kartons und vieles andere hast du ja so gut beschriftet, so dass wir deine neue Wohnung fast blind einräumen könnten. Natürlich nur, wenn wir deine Erlaubnis bekämen." Na klar, das war doch in Ordnung. Ich wusste ja, auf euch kann ich mich verlassen. Darum blieb mir keine andere Wahl, als ihnen Folge zu leisten. Wie gut, das keiner merkte wie aufgeregt ich innerlich war.

Daher dachte ich so bei mir, einfach ran an den Speck und meine Aufgaben erledigen. Wie konnte es auch anders sein, ich holte erst einmal meine Utensilien wie die Brötchen, den Käse, die Butter und was ich alles so brauchte, um den Hunger meiner Mithelfer zu stillen.

Doch als erstes sollte ich wohl den Kaffee und den Tee kochen. Auch gut. Die Maschinen angestellt und mich ans Stullenschmieren begeben. In dieser Zeit klingelte doch echt das Telefon. Schade, ich konnte nicht so schnell den Hörer erreichen wegen meiner Butterhände. Lass einfach klingeln, dachte ich bei mir und auf einmal winselte Bastie neben mir.

„Aber hallo, kann ich auch eine Scheibe von der leckeren Wurst abbekommen? Bitte bitte, ich bin auch weiterhin hundelieb."

„Na gut, du kleiner Gauner, hier, lass es dir schmecken." Ich konnte ihn ja auch verstehen, es zogen doch so leckere Gerüche durch die Wohnung. „Jetzt ist es aber genug, lauf raus und spiel am Zaun mit deinem Freund Tom." Ein kleiner Windzug und weg war der kleine Bettler. Ich wollte jetzt weiter alles auf die Teller legen, nein, das konnte doch in diesem Moment nicht wahr sein. Da war dieser kleine Räuber still, heimlich und leise, als ich am Telefon war, an den Teller mit den Salatgurken geschlichen. Zack zack und weg war eine Gurke. Na gut, einmal lächeln. Denn er hatte gar keine Schuld. Ich war diejenige. Warum hatte ich diesen Teller auf den niedrigen Sofatisch gestellt? Verlockung oder auch Mundraub – also lieb abgehakt, dieses Eigentor.

Weiter ging es in meinem Tagesplan. Alles war schon aufregend genug, denn die Zeit lief mir einfach so zwischen den Händen davon. Es war doch schon fast Mittagszeit. Darum musste ich mich jetzt sputen. Schnell die gesamte Verpflegung in alle Körbe gepackt. Bei aller Eile durfte ich meine Autoschlüssel nicht vergessen. Aber wo hatte ich das Besteck hingelegt? Heiße Würstchen und Salat mit

Fingern zu essen, das ging doch gar nicht.

Suchen, nur jetzt nicht aufregen, dachte ich so bei mir.

Ruhe einschalten und suchen.

Plötzlich, wie von alleine, schaute mich mein Besteck an.

Es lag schon längst geordnet in dem zurechtgestellten Korb. Alles klar. Die Nerven spielen bei einem Umzug halt gern Samba.

Zur Entspannung schreibe ich mal eben ein Gedicht: Kleiner Schutzengel, so soll es heißen. Denn hat nicht ein jeder oft schon gesagt oder auch bei sich gedacht: Da hast du aber einen Schutzengel gehabt, wenn man soeben einer Gefahr entronnen ist oder einer fraglichen Situation aus dem Weg gehen konnte? Wieviele Menschen konnten diesen Engel „sogar körperlich spüren". Einige auch sehen oder hören?

Ob bei Tag oder bei Nacht.

Kleiner Schutzengel, komm ganz sacht.

Ich kann dich nicht sehen –

Ich hör dich nicht gehen –

Eventuell, dass mal einer lacht –

Engel fliegen und schweben –

Sie beschützen gern unser aller Leben.

Engel sind reine Gedanken Gottes –

Beflügelt von Wahrheit und Liebe! Ein Engel kann auch eine Freundin sein.

Denen zeigt sich der Engel, die Symbole deuten können: den Poeten – den Denkern und den Dichtern – und auch den Wahrheitsuchenden."

Dieses entspannte Schreiben hat mir sehr gut getan, und mein Cappuccino ist auch alle.

Dann geht es jetzt weiter im Text. Mein Auto war nun richtig gut vollgepackt, noch schnell drüben in der neuen Wohnung angerufen. „Seid ihr bereit, kann ich schon kommen?" „Aber hallo, ist doch wohl klar, denn unser Magen schreit hurra und heftigen Durst haben wir alle."

„Freu mich und bin sofort bei euch!" Jetzt habe ich noch eben alle Fenster und die Terrassentür geschlossen und wollte gerade aus der Haustür gehen, da lief mir doch echt ein Lächeln übers Gesicht. So war es halt, wenn Eile angesagt war.

Das glaubt mir jetzt bestimmt niemand, aber es war so. Tatsächlich hatte ich meinen besten Freund, den kleinen Bastie, auf der Terrasse ausgesperrt. Ganz ruhig lag er davor und sagte keinen Ton. Obwohl er doch sonst immer sofort anfing zu jaulen, wenn ich nicht so wollte wie er es gern gehabt hätte. Wie schön, ich habe es ja noch rechtzeitig gemerkt. Komm Kleiner, ab ins Auto, unsere Freunde haben nach der anstrengenden Arbeit schließlich auch Essen und Trinken verdient. Eben noch die Leine geholt, und wo lagen nun wieder meine Autoschlüssel? Ich kann euch sagen: ein Umzug hat es doch in sich. Ganz ruhig. Der Schlüssel war schon längst in meiner Jackentasche, wo er im Normalfall immer zu finden war. Nun fuhren wir endlich in Richtung neue Wohnung. Schließlich war ich sehr sehr neugierig, ob alle meine Wünsche, die Möbel aufzustellen, befolgt wurden. Eh ich mich versah, kam ich auch schon in der Stadt am Marktplatz an. Jetzt nur noch um die Kirche fahren, dann in die kleine Straße und gleich links in die Sackgasse, dort war mein neues Zuhause. Weil die kleine Straße sehr eng war, fuhr ich dementsprechend langsam.

Doch als ich links einbiegen wollte, hätte ich vor Schreck bald mein Lenkrad losgelassen. Ich konnte es nicht glauben. Gegenüber auf dem Bürgersteig stand doch tatsächlich mein Gesprächsmann vom vorherigen Abend und grüßte mich lächelnd mit erhobener Hand. Meine Gedanken machten Purzelbäume, ich bekam nasse Hände. Ich weiß nicht einmal, ob ich zurückgelächelt habe. Dennoch fuhr ich in meine Straße. In einem Affenzahn lenkte ich mein Auto in die nächste Hauseinfahrt um zu wenden. Doch als ich zum Bürgersteig kam, war dieser Mann wie vom Erdboden verschluckt. Genau wie an dem

Abend zuvor. Ich dachte wieder: So etwas gibt es doch eigentlich nur im Märchen. Ich konnte mich kaum beruhigen, so zitterte mein ganzer Körper. Bastie lag seelenruhig auf seinem Kissen, wo er doch sonst immer gern aus dem Fenster schaute. Mir blieb also nichts anderes übrig, als wieder umzudrehen, damit meine Freunde endlich zu ihrer Brotzeit kamen.

Im Haus angekommen, schauten mich alle so komisch an und meinten: Ist dir grade ein Hase vors Auto gelaufen? Du bist ja ganz weiß um die Nase! Ich wollte jetzt nicht über mein Erlebnis erzählen. Daher versuchte ich, so nett wie möglich zu sein. Leider konnte auch ich nicht über meinen eigenen Schatten springen und ließ beim Eintreten in meine kleine neue Wohnung als erstes das Tablett mit den lecker belegten Brötchen auf den Boden fallen.

Meine Freunde fanden das auch noch lustig und fingen schallend an zu lachen. Diese Gelegenheit wollte Bastie natürlich sofort nutzen, um sich ein Wurstbrötchen zu stibitzen. Da ich innerlich immer noch so zerstreut war, hatte er ja auch riesiges Glück, denn ich war mal wieder nicht schnell genug.

Um ehrlich zu sein, ich habe es ihm ja auch gegönnt nach all dem, was er mit mir in den letzten Stunden aushalten musste. Bei so einem Umzug kommt halt manchmal ein kleiner Hund zu kurz. Also Schwamm drüber.

Somit haben wir alle zusammen mit vereinter Kraft alle Kartons ausgepackt. Die Männer stellten die Schränke an Ort und Stelle auf. Nun kam die Frage: Wer kann denn die Elektrik überhaupt anschließen? Jetzt stand ich mit meiner Weisheit auf dem Schlauch.

Bastie, komm, wir gehen mal eben auf den Balkon. Ich brauchte jetzt Sauerstoff zum Nachdenken. Da klingelte es. „Moin Moin, liebe Frau."

Ich staunte nicht schlecht, da stand mein Vermieter. „Kann ich Ihnen vielleicht bei irgendetwas helfen?" Vor lauter Staunen vergaß ich doch tatsächlich den Gruß zu erwidern. „Auja, das ist aber nett von Ihnen, kommen Sie doch bitte herein." Mein Vermieter war sehr erstaunt, wie weit doch schon alles an Ort und Stelle stand. „Doch leider haben wir ein kleines Problem." „Na, wo drückt denn der Schuh?" „Wie soll ich das nun sagen? Wir kennen hier niemanden, der uns die Elektrik anschließen kann." „Meine liebe Frau, das ist doch gar nicht so ein großes Problem, denn mein Sohn ist auch an diesem Wochenende bei uns und er wird Ihnen gewiss helfen können." Meine Augen wurden immer größer. Ich glaube ein großes Fragezeichen stand auf meinem Gesicht. Ich weiß es selber nicht mehr genau. Eines stand jedenfalls fest: Eine Überraschung nach der anderen kam auf mich zu, und ich war immer noch sprachlos und innerlich durcheinander.

Das merkten auch alle meine Freunde. Ohne viele Worte wusste ein jeder, was er zu tun hatte. Nachdem sie gut gespeist hatten, wurde Hand in Hand weitergearbeitet. Inzwischen war es schon Abend geworden. Genau gesagt: es war zweiundzwanzig Uhr, und meine gesamte Wohnung stand.

Alle Lampen gingen an, und die Elektrik funktionierte ebenfalls. Für mich war das der reinste Wahnsinn. Ja ehrlich, konnte das alles mit rechten Dingen zugegangen sein? Ohne groß zu bitten oder viel zu fragen. Alles lief fast wie von allein. Meine Nachbarn und deren Freunde waren mit vollem Einsatz den ganzen Tag für mich da. Es war schon sehr spät. Wir hatten uns voneinander verabschiedet, da stand mein Kleiner neben mir mit seinen müden kleinen Äuglein.

„Na Frauchen, können wir noch eine kleine Runde? Einmal nur eben ganz kurz Zeitunglesen? Hier in der neuen Umgebung?
Ich bin zwar sehr müde, aber neugierig bin ich allemal."

Na gut, du hast mich überredet. Mein Wort musste ich ja nun auch halten. Also einmal die Straße runter und rauf und dann aber ganz schnell: Husch husch, ab ins Körbchen.

Frauchen, ist doch klar: ins Bettchen. Und Gute Nacht!

So vergingen auch die nächsten Tage. Da kamen alle Feinheiten auf mich zu wie meine Bilder aufhängen meine Pflanzen noch einmal von einer Fensterbank zur anderen stellen und viele Kleinigkeiten mehr. Doch ging mir dieses abendliche Erlebnis nicht aus meinem Kopf. Wobei ich zugeben musste, dass trotz allen Nachdenkens ich innerlich ganz ruhig war. Genauso wie ich immer der Meinung war und daran glaubte: für mich war der liebe Gott immer präsent. Als kleines Kind hieß mein Abendgebet folgendermaßen: Ich bin klein - mein Herz ist rein - soll niemand drin wohnen als der liebe Gott allein. Dieses Gebet sage ich sogar heute noch gern, denn ich finde, dass diese Worte sehr viel aussagen. Nun überlegte und grübelte ich weiterhin über mein Erlebnis nach. So ist mittlerweile sehr viel Zeit ins Land gegangen.

Wir sind angekommen in unserer neuen und so wunderschönen Umgebung. Jeder neue Tag hatte seine Herausforderung für mich. Da machte ich zum Beispiel bei mir eine kleine Gartenfete, um mich bei all meinen Freunden, die mir mit Rat und Tat zur Seite standen, zu bedanken. Dieser Abend war für uns alle einsame Spitze. Die Grillwurst schmeckte lecker, Salat und Baguette wurden nachverlangt. Das war doch Spitze!

Nur am Rande erwähnt: auch klein Bastie ging an diesem Abend nicht leer aus. Ich hatte ihn ja auch stets im Auge wegen Stibitzen und so.

Jeder Tierfreund weiß, wie ich das jetzt meine. Auch nach diesem so schönen Abend fiel ich einfach „plumps" in mein Bett. Trotz aller Müdigkeit: wieder kamen diese leisen Erinnerungsgedanken. Ich dachte so bei mir: irgendwann werde ich die Lösung für dieses tatsächliche Erlebnis schon finden.

Der Alltag hatte uns wieder eingeholt. Nur mein Kleiner hatte neue Marotten an den Tag gelegt.

Egal an welchem Tag wir unsere Zeitungsleserunde machten, er wollte auf unserem Spazierweg immer so gern hinten bis zur Kurve gehen. Zu Anfang habe ich das nicht so ganz verstanden, doch so ganz langsam wurde ich wach und merkte, dass er so gern die beiden Pferde, ich nannte sie Black und White, besuchen wollte. Warum? Ist doch klar. Sie kamen jedesmal angetrabt, denn sie wussten ganz genau, dass sich in meiner Jackentasche außer Bastieleckerli auch Pferdeleckerli verborgen hatten. Vielleicht konnten diese beiden, Black (schwarz) und White (weiß) schon von weitem das harte Brot riechen? Wer wusste das schon. Außerdem hatte ich ja auch meinen Spaß daran, denn Pferde haben doch ein eigenes Feingefühl allen

Menschen gegenüber. Das spürte sogar mein Bastie. Je näher wir beide dem Gatter kamen, trabten die zwei uns schon entgegen und wieherten vor Freude. Das gab mir jedesmal ein Gefühl der Freude und Zufriedenheit. Meinem Kleinen machte das noch mehr Spaß. Sie gaben sich doch tatsächlich ein Küsschen. Die beiden „Hoppedies" ließen sich in aller Ruhe von Bastie abschlecken. Erst dann nahmen sie aus meiner Hand das getrocknete Brot. Als Dankeschön noch ein Wiehern, Schwanzwedeln nicht zu vergessen. Erst dann durfte ich weitergehen. Aber bitte nur bis zur nächsten Bank. Denn hier war immer meine Ruheoase zum Nachdenken. Gern schickte ich meine Gedanken in den Himmel.

Mit viel Spaß erfreute ich mich an den traumhaften Wolkenbildern: mal ein Schaf oder ein Fisch, doch auch die vielen verschiedenartigen Vögel, sie saßen zum Beispiel jeden Abend der Reihe nach auf den Stromdrähten, dicht an dicht. Dazu die untergehende Sonne. Der Wind raunte ganz leise um meine Ohren. Hinter mir auf der Fenne blökten die kleinen Lämmlein nach ihrer Mami. All das war für mich Tag für Tag die Muße der Stunde. Sogar mein Kleiner lag in dieser Ruhepause ganz still neben meinen Füßen. So etwas nannte ich für mich: Entspannung in der Abendstunde. Nicht zu übersehen war: dieses ganze Zeremoniell gab es auch am Morgen. Jedoch mit dem einen Unterschied, dass die Pferde aus dem Morgennebel hervorkamen. Ein Bild für die Götter, wie ich zu sagen pflegte. Dieser kleine Begrüßungskuss durfte nie fehlen. Meine Bank der Entspannung besuchten wir nur am Abend. Eines Abends trafen wir bei den Pferden die Besitzerin. „Hallöchen und Moin Moin." Ich war eigentlich erstaunt, dass wir beide relativ schnell ins Gespräch kamen und wir sogar fast nebeneinander wohnten. Sozusagen: Garten an Garten.

Jetzt kam natürlich Freude in mir auf, da ich die Besitzerin, die sich mit dem Namen Anja vorstellte, sehr sympathisch fand. Nach einiger Überlegung dachte ich so bei mir: War unser Kennenlernen Zufall? So ganz egal war mir das nicht.

Eines Tages, ich war mit „Spaß an der Freud" in meinem Garten und sortierte meine Blumen und hatte gerade den Gedanken: eigentlich könnte ich ja noch den Rasen mähen, da stand Anja bei mir am Zaun.

„Hast du Lust, mit mir eine kleine Runde Rad zu fahren?"
„Au ja, gern doch." Den Rasen zu mähen war doch viel zu anstrengend, dachte ich bei mir. Natürlich als eigene Entschuldigung. Es kommt schon vor, dass ich auch mal über mich selber lachen muss. Ist doch lustig, oder? Jedoch hatte ich ein kleines Problem. Bastie würde doch so gern nebenher mitlaufen. Meiner Meinung nach wollte

ich ihn lieber zuhause lassen. Also Trick siebzehn musste her: „Kleiner, komm mal eben zu mir." Mit Freude und Elan saß er auch ganz flott neben mir. Mit seinen großen Augen schaute er mich fragend an:

„Und was kommt nun?"

„Wenn du jetzt ganz lieb in dein Körbchen gehst bekommst du auch ein Leckerli, und bis du das aufgeknabbert hast, bin ich auch wieder zuhause."

„Na ob das wohl so stimmt?"

Konnte ich in seinen Augen lesen.

„Na gut, eben noch mal kurz auf den Arm springen, meine Streicheleinheit abholen und dann: Gute Fahrt und komm schnell wieder."

Somit war ich auch beruhigt. Ich, nun ganz schnell aus dem Haus, bevor er sich das bellenderweise anders überlegt hätte. Meine Angewohnheit war: wenn ich ohne ihn das Haus verließ, horchte ich noch einen Moment an der Tür, ob wirklich alles ruhig blieb. Tatsächlich, dem war so. Also radelten wir zwei los. Welchen Weg fahren wir denn nun? Wie konnte es anders sein? Es war doch klar, den Schweineweg, den ich sonst mit Hundi immer laufe. Als wir nach längerer Zeit an meine Bank kamen, fragte ich sie, ob wir hier eine Pause einlegen könnten. „Aber logo", meinte sie, „ gern doch." Da wir beim Radeln Rückenwind hatten, war es auf der Bank heute nicht so gemütlich wie sonst. Dennoch hatten wir eine sehr interessante Unterhaltung. Sie erzählte mir von ihrer Familie, von ihren Kindern und welche Hobbys sie hatte. All das machte mich doch neugierig. Darum war ich ganz still und hörte aufmerksam zu. Dabei kam heraus, dass ihre beiden Pferde ihr größtes Hobby waren. Und genau diese Pferde waren: Black and White. War das nun wieder ein Zufall? Ich wusste echt nicht mehr, wie ich all diese Erlebnisse benennen sollte. Dabei hatte ich ein Gefühl in mir, was ich wieder einmal nicht beschreiben konnte. Freude? Zufriedenheit? Ich wusste es selber nicht.

Noch in meinen Gedanken versunken, meinte Anja: „ich glaube, so langsam müssen wir wohl wieder nach Hause fahren." Au ja, es wurde echt Zeit. Anja meinte, sie hätte heute abend noch was vor. Sah sie vielleicht auf meiner Stirn ein Fragezeichen? „Ja, weißt du, ich gehe jeden Donnerstag in einen Hauskreis." „Wie, was, wohin?" Doch vor lauter Bescheidenheit traute ich mich nicht zu fragen, was dieser Hauskreis denn sei. Also blieb ich ruhig, und wir fuhren lachend wieder nach Hause. Wie konnte es anders auch sein: mein kleiner Wachhund lag ganz ruhig und entspannt im Flur vor unserer Haustür. Nun war ich doch sehr beruhigt, dass er nicht böse wurde, weil ich ihn mal allein gelassen hatte. Denn so gern blieb er nicht allein zu Haus. Ich gebe ja auch zu, dass ich meinen kleinen Racker oft sehr verwöhnte. Ich hatte ihn halt sehr lieb. Mit den Jahren ist Bastie für mich wie ein Seelenfreund geworden. Ich konnte ihm zu jeder Zeit alles erzählen und er hörte mir sehr geduldig zu. Widerworte gab es auch keine. Das war für mich immer wieder sehr angenehm.

Durch diese vielen Erlebnisse hatte ich völlig vergessen zu erwähnen, dass zu meinem Leben ja auch meine beiden Söhne gehören. Michael, schon über dreißig, in Leipzig. Andy ist fast vierzig und lebt in Bad Pyrmont. Meine Beiden waren ab und zu der Meinung: Muttchen, du solltest noch irgend etwas für dich tun. „Aber hallo! Was sollte diese Aussage denn jetzt auf einmal?" Also ließ ich diese Worte zuerst einmal ruhen und dachte nicht weiter darüber nach. Meiner Meinung nach war ich doch sehr ausgeglichen und hatte täglich auch genug zu tun. Ich wäre innerlich auch zufrieden, wenn ich nicht immer wieder an diese Erlebnisse hätte denken müssen. Wie konnte es angehen, dass ich einen fremden Menschen traf und ihm einfach meine ganze Lebensgeschichte erzählt habe? Vor allem: es kam ja noch dazu, dass ich doch bisher mit niemandem darüber gesprochen hatte. War das denn normal? Ich wusste es nach längerer Zeit bald selber nicht mehr. Bis ich eines Nachts wieder einmal nicht zur Ruhe kam. Dann hatte ich immer die Angewohnheit, mir einen „Cappu" zu kochen und mich an meine Malstaffette zu setzen. Ich wusste nicht, warum. Doch so etwas machte ich des Öfteren. Nachts, wenn alles so schön ruhig um mich herum war, hatte ich die besten Ideen. So auch diese Nacht. Merkwürdig war nur das Bild in sich. Ich malte das Meer und den Himmel in verschiedenen Farbnuancen mit der untergehenden Sonne. In Gedanken wollte ich einen Adler malen, der nach Hause fliegt. Aber was kam dabei heraus? Von der Sonne bis zu den Wolkengebilden hatte ich einen kleinen Engel gemalt. Ich war über mich selbst so überrascht, fast schon erschrocken, aber schön sah das Bild dennoch aus. Somit legte ich es fertig beiseite.

Nun endlich war ich innerlich auch ruhig und wollte leise ins gemütliche Bettchen steigen, da winselte doch tatsächlich mein Kleiner neben mir in seinem Körbchen. Na gut, dann komm her. Aber ganz schnell, ich wollte doch so gern endlich schlafen. Er flitzte einmal über den Rasen, schnell noch nebenbei sein Bein gehoben – und im Sauseschritt, ratzfatz, lag er eingerollt in seinem Körbchen. Doch mit einem Auge passte er immer genauestens auf, ob ich auch in mein Bett ging. „Alles klar bei dir?" Na gut, Licht ausgemacht und endlich schlafen.

Zu Anfang wollten mich meine Gedanken doch tatsächlich wieder zum Spekulieren verleiten, aber meine Müdigkeit war zu dieser frühen Stunde einfach zu groß.

Eines Morgens erlebte ich etwas ganz Lustiges. Mein Bastie machte wie jeden Tag seine kleine Morgentoilette auf dem Rasen. Das war für mich auch in Ordnung, denn sein anderes Geschäft erledigte er dann beim längeren Spaziergang. Dadurch konnte ich wenigstens in aller Ruhe meinen heißen Kaffee genießen, wobei die Tageszeitung natürlich nicht fehlen durfte. Vertieft im Lesen hörte ich so ganz leise auf der Terrasse hinter meinem Blumenkübel ein leises Winseln. Zu Anfang habe ich nicht so stark darauf geachtet. Als das Winseln jedoch lauter wurde, musste ich dann doch mal nachsehen, was da los war. Ich konnte kaum glauben, was ich dort in der Ecke vorfand. Bastie hatte ein kleines Kätzchen vor sich liegen, so ganz dicht an seinem Bauch. Er schaute mich mit großen Augen an, als wenn er mir sagen wollte:

„Frauchen, ich hab was gefunden, kannst du mir mal helfen?"

56

Dieser Anblick war für mich herzallerliebst. Also holte ich in aller Eile eine Wolldecke, um den Beiden Wärme zu geben.

Schnell machte ich ein bisschen Milch warm, damit das kleine Kätzchen nicht verdurstete. So gierig Bastie sonst bei allem Essbaren war, an diese Milch ging er nicht. Verstehen konnte ich das in diesem Moment noch gar nicht. Schlürf – Schmatz und leer war der Teller. Bastie schleckte ihr sogar ihr Mäulchen sauber. Dann kuschelten sie sich beide wieder aneinander und Ruhe war auf der Decke. Für mich kamen jetzt Fragen über Fragen. Was macht man denn jetzt? Jetzt wollte ich erstmal versuchen die Beiden zu mir ins Wohnzimmer zu bringen. Ich musste andauernd über meinen Hund lachen. Das allererste Mal knurrte er mich doch tatsächlich an! Na klar, er dachte, ich nehme ihm sein Findelkind weg. Aber das wollte ich ja gar nicht. Schnell kapierte er, was ich vorhatte. Daher kam er in aller Eile hinter uns her. Mit großer Freude legte er sich neben das Kätzchen, Pfote drauf gelegt und Ruhe war angesagt. Für mich war dieser Anblick natürlich herzergreifend. Wie eine liebende Mutter beschützte er sein Kleines. Als dann der Abend kam, hatte ich eine gute Idee: Rund um das Körbchen legte ich Zeitungspapier, denn das Kleine konnte doch noch gar nicht wissen, was Toilette hieß. Bastie musste verständlicherweise erstmal alles abschnuppern, ob auch alles seine Richtigkeit hatte. Da unser kleiner Gast ja mehrmals Hunger hatte, wurde für mich auch diese Nacht sehr kurz.

Gleich am nächsten Morgen klingelte das Telefon – meine Nachbarin: „Guten Morgen, hast du gut geschlafen?" „Na ja, es ging so." „Wieso denn das?" Lange Rede machte gar keinen Sinn. Ganz plötzlich fing meine Nachbarin laut an zu lachen. „Überraschung? Ist das nicht niedlich?" „Wieso?" Ich verstand jetzt gar nichts mehr. Als ich sie dann endlich zu Worte kommen ließ, kam heraus, dass Bastie dieses kleine Kätzchen bei ihr stibitzt hatte und sie dadurch vor lauter Suchen auch die halbe Nacht nicht zur Ruhe kam. Weil ihr Hund und Bastie zusammen spielten, hat sich keiner von uns beiden dabei was gedacht, als Bastie am Abend noch nebenan herumlief. Wie sagt man so schön? Auch Tiere schreiben schöne Geschichten. Bei aller Freude war diese kleine Episode dennoch nicht zu Ende. Mein Bastie ließ sich doch nicht einfach sein kleines Baby wegnehmen. Die Lösung war dann: dieses niedliche Kätzchen wurde weiterhin bei uns mit der Flasche versorgt, und als es dann größer war, lief es von ganz alleine zu seiner Mutter und seinen vier Geschwistern. So lebten sie dann zusammen mit den Hunden zwischen mir und meiner Nachbarin. Keiner hatte den anderen vergessen, sie mussten sich täglich von neuem begrüßen, erst dann war alles gut! Dieses tierische Erlebnis ging mir noch lange Zeit nach.

Genauso wie das andere Erlebnis, welches aber wesentlich tiefer in meinem Herzen lag. Denn mittlerweile bin ich zu einem stillen Gedanken gekommen. Wie schon erwähnt, habe ich für mich auf meine Art und Weise an den lieben Gott geglaubt und auch hin und wieder mal gebetet. Durch meinen Beruf ging ich auch des Öfteren in die Kirche. Doch jetzt und heute nach diesem Ereignis sah und dachte ich über vieles anders nach. So auch heute. Für mich war ganz klar, dass der liebe Gott mir in meiner damaligen kritischen Lebenslage ein Zeichen setzen wollte. Und genau das ist passiert durch diesen, wie ich ihn benenne: meinen Schutzengel. Denn seitdem hat sich in den weiteren Wochen und Monaten sehr viel verändert. Ich meine damit: In all meinen Überlegungen, in meinem Handeln. Ich reagierte ruhig und gelassen, bevor ich sonst eilig und spontan gehandelt hätte. Wenn ich lange darüber nachdachte, kam mir das Ganze zwar eigenartig vor, dennoch fühlte ich mich in meiner neuen Situation viel wohler als vor diesem Überraschungserlebnis, wie ich es nannte. Da waren zum Beispiel meine Kinder: So manches Mal, wenn wir telefonierten, gab es so kleine Überraschungsnachrichten. Meine Reaktion war meistens aufgeregt, ab und zu sogar ärgerlich. Obwohl meine Kinder für sich bestimmt gut entschieden hatten, wollte ich als Mutter, trotz der weiten wohnlichen Entfernung, immer noch Mitsprache-recht behalten. Doch das ging ja gar nicht. Wie wir Mütter nun mal so sind. Heute fragen mich meine Kinder immer wieder: Mami, was geht ab? Du hast dich zu deinem Vorteil verändert. Na ja soviel dazu!

Einige Monate waren nun schon vergangen, als ich eines Tages wieder mal mit Bastie zum „Zeitunglesen" auf unserem Weg unterwegs war. Da trafen wir an der Pferdekoppel Anja, die Besitzerin. Freude kam auf. Beide Pferde wieherten und leise schmatzend stand Bastie vor dem Gatter. Somit konnten wir Frauen in aller Ruhe klönen. Das tat so richtig gut. „Aber hallo", zu früh gefreut. Bereits nach den ersten Sätzen meinte sie: du, Anne, ich habe leider wenig Zeit; heute ist Donnerstag. Donnerstag? Ach du meine Güte! Nach kurzer Überlegung fiel bei mir der Groschen. Heute war ja Gruppentreffen. Jetzt stand ich da mit meinem Talent. Ein kleiner Blitzgedanke von mir ließ die Frage zu: Hättest du was dagegen, wenn ich mal mit dabei wäre? Genauso blitzartig kam ihre Antwort: Ich würde mich freuen, wenn du heute mitkommen könntest. Gute Nacht, ihr beiden Hoppedies. Ich habe ganz schnell auf dem Absatz kehrtgemacht. Der Kleine wusste gar nicht, wie ihm geschah. Ohne Leine rannte er mir schon voraus, so dass ich wenigstens auch schneller gehen konnte. Anja rief mir noch hinterher: Ich hole dich dann gleich bei dir ab. Zu Hause pustend angekommen, musste ich noch schnell den Kleinen versorgen. Musik für ihn angemacht, sein Leckerli ins Körbchen und nun musste ich mich ja auch noch umziehen. Normalerweise hätte ich sonst hektisch reagiert. Nein, ich zog mich doch allen Ernstes in aller Ruhe um. Tschüß Bastie. Frauchen kommt bald wieder, sei schön artig. Raus aus der Tür. Ich lachte, Anja war noch nicht mal da!

Das war DAS, was ich meinte. Früher habe ich tatsächlich ganz anders reagiert. Als ein paar Minuten vergangen waren, kam sie dann auch endlich um die Ecke.

So, nun war ich echt mal gespannt, was heute Abend auf mich zu kam. Ich musste ja zugeben, dass ich jetzt doch so einwenig aufgeregt war. Schließlich kannte ich ja nur die Pferdebesitzerin Anja. Auch sie merkte, wie es mir grade ging, sie machte die Tür auf und schob mich einfach in die gute Stube, wo mehrere Leute saßen. Bei Kerzenschein und duftendem Tee mit Keksen auf dem Tisch schien mir das eine lustige Runde zu sein. Doch als wir zwei im Raum standen, waren plötzlich alle still. Ich glaube, ich hatte einen roten Kopf, ich weiß es nicht mehr genau. Vor lauter Schreck sagte ich sehr leise: Moin Moin. Wie in einem Chor kam mein Gruß zurück. Da stand ein Herr auf, gab mir seine Hand und begrüßte mich: „Ich bin Thomas". Ach ja: „Ich bin Anne". Na, dann such dir doch einfach ein Plätzchen und mach es dir gemütlich. So ganz wohl fühlte ich mich im Moment nicht. Ach wie schön, Anja setzte sich direkt neben mich. Da ging es mir doch gleich besser. Damit man mich versteht: früher wäre ich lachend in so eine Runde gekommen. Doch heute war eben alles anders als damals. Zuerst wurde ein Lied gesungen. Ich kannte es nicht. Dennoch hat es mir sehr gut gefallen, deshalb summte ich nur leise mit. Bis zum heutigen Tag ist es eines meiner Lieblingslieder geblieben. Es heißt: „Wir sind hier zusammen in Jesu Namen, um dich zu loben, oh Herr ..." Ganz nebenbei merkte ich von rechts und links alle Augen auf mich gerichtet. Mir wurde ganz warm ums Herz, weil ich in diesem Moment dachte: wo bin ich hier gelandet? Konnte dies hier vielleicht eine Bibelstunde sein? Na warten wir mal ab, was da noch auf mich zukommt. Als das Lied zu Ende war, übernahm dieser Thomas das Wort. „Ja, meine Lieben, da wir heute einen neuen Gast haben, wäre es doch sicherlich gut, wenn sich jeder von uns kurz vorstellt. Dann fangen wir doch am besten gleich mal mit dir, liebe Anne, an." „Plumps" machte mein Herz. „Brauchst auch keine Angst zu haben, wir sind eine nette Gruppe und jetzt leg doch einfach mal los." Noch eben einen Schluck

Tee, der so von ganz allein vor mir stand. „Ich bin Anne
und komme hier aus dem Ort. Es war im Raum so still,
dass man eine kleine Stecknadel hätte fallen hören können.
„Durch unsere Tiere habe ich als Nachbarin die Anja kennen gelernt. Da sie donnerstags gegen Abend immer weg
war, habe ich sie dann gefragt: wo gehst du eigentlich
immer hin? Sie hatte zwar mal erwähnt, dass sie sich mit
einer lustigen Gruppe trifft, doch hatte ich bis dato keinerlei Vorstellung, was das war. So war es auch heute abend,
und da bin ich halt mitgegangen. Nun bin ich hier und
möchte aber gleich im voraus sagen, dass ich mich keiner
Sekte anschließe."
Auf einmal fingen alle laut an zu lachen. Ich wusste jetzt
gar nichts mehr, ich war einfach sprachlos. Da stand
Thomas auf und meinte: „eins möchte ich ganz klar betonen: Wir sind ein kleiner Kreis, der sich jeden Donnerstag
zur Bibelstunde bei Tee und Keksen trifft. Ganz freiwillig
und ohne Zwang". Nun war ich doch erleichtert und freute mich. Es war dann auch sehr angenehm in dieser kleinen Runde. Gut gefallen hat mir, dass zwischendurch
immer wieder Lieder gesungen wurden, von einer Gitarre
begleitet. Mit einem Gutenachtgebet endete dann dieser
nette Abend. Anja und ich fuhren dann fröhlich nach
Hause. Tschüß, schlaf gut – und weg war sie.
Wie immer saß mein Bastie schon im Flur vor der Tür,

„Na Frauchen, jetzt bin ich aber schnell noch dran. "

Na klar, das war doch wohl auch selbstverständlich. Ich hatte zwar nicht mehr so große Lust dazu, aber „wat mutt, dat mutt!" Ein bisschen Platt hatte ich inzwischen doch schon gelernt. Wie schön, dass Bastie nicht merkte, dass wir nur die kleine Runde liefen, schließlich war es doch schon später geworden als ich dachte, und so langsam freute ich mich auf mein warmes Bett. So ist nun mittlerweile einige Zeit ins Land gegangen.

Immer wieder versuchte ich, die Menschen auf der wunderschönen Halbinsel Eiderstedt besser kennen zu lernen. Je mehr ich darüber nachdachte, wurde mir immer klarer, jedes Land hat seine eigenen Charaktere, die zu erkunden viel Geduld erforderte. Aber es machte mir immer wieder viel Spaß. Vor allen Dingen, als Halbinsulanerin das hiesige Plattdeutsch zu hören. Es war schwierig für mich, es zu verstehen. Das Kuriose an der ganzen Sache war nämlich: meine Großeltern, bei denen ich aufgewachsen war, sprachen auch Plattdüütsch, aber niedersächsisches Plattdüütsch. Und dieses beides zusammen, ich muss schon lachen, ging doch gar nicht. Mit der Zeit habe ich natürlich gelernt gut zuzuhören, um diese Sprache, vor allem von den Alteingesessenen der Halbinsel Eiderstedt gesprochen, besser verstehen zu können. Doch jetzt möchte ich meinen kleinen Hundefreund Bastie wieder mal zu Worte kommen lassen, wie er das Leben hier an der Nordsee mit seinen waulichen Gedanken so sieht. Denn wir kamen soeben von einem langen Strandspaziergang nach Hause.

Ich geh mal davon aus, dass jeder weiß, dass St. Peter-Ording auf einer wunderschönen Halbinsel liegt, die für Frauchen wie auch Herrchen jede Menge Abwechslung zu bieten hat. Normalerweise muss ich, der Bastie, das gar nicht mehr erklären. Ich hoffe nur, dass jeder meine Hundesprache auch versteht Jetzt leg ich einfach mal los. Das Wichtigste für mich war die Frage: Ist diese Insel wirklich hundetauglich?

Na klar ist sie das. Was das Wetter betrifft, na ja, in meiner alten Heimat war es manchmal schon besser. Doch hier sind die Menschen viel netter, jedenfalls zu Hunden. Und schlechtes Wetter gibt es nicht. Die Urlauber brauchen sich doch nur dem Wetter anzupassen. Wie heißt er so schön: der helle, gelbe Friesennerz. Frauchen sagt immer zu mir: Da kommt nicht einmal der Sturm durch, auch der Regen kommt nicht auf mein Fell. Na, ob das wohl immer so stimmt? Mir ist das doch egal, denn wir haben doch jetzt alle Zeit der Welt, dieses auszuprobieren. Das

Ergebnis teile ich euch dann irgendwann mal mit. Ich habe bis heute von meinen Kumpels, man trifft sich ja hier und dort, noch nichts gegenteiliges gehört. Eigentlich möchte ich ja gar nicht mehr aufhören, mein Frauchen an dem zauberhaften Strand spazieren zu führen, denn hier gibt es keinen Großstadtlärm. Dafür findet man hier Natur pur und die beste klare Nordseeluft. Was mir natürlich am meisten gefällt, hier treffe ich jede Menge Gleichgesinnte zum Klönen, aber auch beim „Zeitunglesen". Die kleinen und größeren Spielkameraden laden gern zum Fangen ein: Möwen und viele andere gefiederte Tiere. Ich muss schon sagen: die haben es echt gut drauf und können schnell wie ein Sausewind sein. Da ich ja ein cleveres Kerlchen bin, lege ich mich platt hin, das heißt für die Flattertiere: Achtung. Doch dann lasse ich sie gern entkommen. Was mir nicht so gut gefällt, sind die Radfahrer. Da muss unsereins schon gewaltig aufpassen. Ihre Hunde sind oft nicht angeleint, so funktioniert dann die wauliche Körpersprache gar nicht. Was ich neulich gesehen habe, finde ich natürlich spitzenmäßig: Manche Menschen fahren ihren kleinen Liebling in einem Fahrradkorb spazieren. Dieses, finde ich, ist eine tolle Lösung Aber das geht nur bei viel kleineren Genossen. Soll ich mal was verraten? Ich freue mich, dass mein Frauchen mit mir kein Fahrrad fährt. Etwas ganz wichtiges hätte ich doch fast vergessen zu erwähnen. Toben und Baden, auch Flirten, ist nur am Hundestrand erlaubt. Das finde ich auch vernünftig. Denn so manche Menschen am Strand wollten ihre Ruhe haben. Kann man doch auch verstehen. Oder? Doch möchte ich noch gern betonen, an unserem Strand werden wir jedenfalls nicht mit den Abfällen von den vielen freilaufenden Zweibeinern geärgert. Denn wie oft lassen sie Verpackungen und anderen Müll am Strand liegen, und wir treten rein. Also stelle ich nochmal für mich und alle meine Freunde fest: St. Peter-Ording ist wirklich eine Hundereise wert. Also, liebe Freunde, redet mit euren Menschen und kommt auf diese wunderschöne Halbinsel Eiderstedt. Auch wenn ich mit dem Markieren und „Zeitunglesen" nicht mehr fertig werde. Vielleicht trifft man ja mal den einen oder anderen am Nordseestrand, wauwau.

Dies war nun meine Geschichte vom Strand, mit Hundeverstand erzählt. Und nun lauf ich nach Hause, denn jetzt knurrt mein kleiner Magen und meine Augen sind schon ganz müde. Eins muss ich doch noch loswerden. Mein Frauchen ist meine ganze Liebe.

Sie hat mich doch tatsächlich auf den Armen bis ins Auto getragen. So etwas nenne ich aus meiner Sicht: Tierfreundin! Oder: Ein Herz für Tiere!

Zu Hause machten wir es uns dann richtig gemütlich. Ich

war so müde und kaputt, dass ich nicht einmal merkte, wie
Frauchen mit ihrem Tee neben mir auf dem Sofa saß.

Da mein „Freund" leise und ruhig schnarchte, konnte ich nun in aller Ruhe die Nachrichten ansehen.

Wie konnte es anders sein, auch meine Augen wurden immer kleiner und müder. Da wäre mir doch beinahe meine Teetasse aus der Hand gefallen, denn ich war völlig in Gedanken versunken. Mein abendliches Erlebnis von neulich hatte ich immer noch nicht vergessen.

Mir kam der Gedanke: Mit wem könnte ich darüber mal sprechen, denn für mich wurde immer deutlicher, dass diese Begegnung für mich vielleicht eine Engelsbotschaft war. Doch wie sollte ich das jemand anderem erklären?

Immer wieder musste ich darüber nachdenken. Bis ich eines Tages wieder an einem Donnerstag mit zur Bibelstunde ging.

Dieser Abend war wieder mal sehr lehrreich und gleichsam für mich entspannend. Meine Freunde, wie wir uns alle nannten, strahlten Ruhe und Fröhlichkeit aus. Mit Tee und Keksen war auch zwischendurch die Zeit, ein paar Worte zu wechseln. Als der Abend zu Ende ging, fasste ich allen Mut: „Darf ich bitte eben noch etwas erzählen?" Unser Pastor lächelte mich fragend an und meinte, wir haben noch etwas Zeit, dann leg mal los. Zu Anfang war ich noch ein wenig zögernd mit meinen Worten. Doch als ich merkte, wie gespannt mir zugehört wurde, konnte ich immer freier erzählen.

Ich konnte es kaum fassen: Ich hatte das Gefühl, mir wurde geglaubt. So mitten in meiner Erzählung wurde ich etwas traurig, denn eigentlich konnte ich immer noch nicht ganz verstehen, dass gerade ich so etwas erleben durfte. Als ich dann das ganze Erlebnis geschildert hatte, war es ganz still im Raum. Bis dann unser Pastor anfing, mir einige Fragen zu stellen. Innerlich noch etwas aufgeregt, sagte ich dann: Wenn ich an mein Leben zurückdenke, dann habe schon immer an den lieben Gott geglaubt. Nur jetzt und heute mit diesem für mich so wunderschönen Erlebnis, da frage ich mich doch allen Ernstes: Was habe ich all die Jahre überhaupt geglaubt? Ich kannte die Bibel. Durch meinen Beruf bei der Diakonie als Gemeindeschwester ging ich in die Kirche. Somit glaubte ich, den Glauben zu kennen. Ich habe hier und heute für mich festgestellt, dass es doch nicht so war. Der Glaube bedeutet viel mehr und genau das konnte ich in dieser wöchentlichen Bibelstunde lernen. Seit diesem Tag habe ich mich entschlossen, jede Woche einmal zu dieser Bibelstunde zu gehen. Denn ich fühlte mich von diesem Freundeskreis ernstgenommen und dadurch konnte ich später auch meinen Kindern alles erzählen.

Einige Monate später kamen mich meine beiden Söhne besuchen. Ich hatte doch tatsächlich schon wieder die Gedanken im Kopf: Wie sage ich es meinen Kindern? Keiner mag es verstehen, am wenigsten ich selbst.

Dann am Abend bei einem leckeren Gläschen Wein, mit Kerzenlicht auf unserer Terrasse sitzend, ergab sich im Gespräch mein Thema von ganz allein. Ich war erstaunt, denn meine Beiden hörten mir in aller Ruhe zu.

Ich hatte das Gefühl, sie nahmen mich sehr ernst, obwohl Muttern in ihren Gesprächen manchmal eher lustig rüber kam. Mir fiel an diesem Abend echt ein Stein vom Herzen. Ich liebe meine Kinder über alles und darum waren meine Bedenken vorher auch völlig umsonst. So war dieses Wochenende für uns alle eine wunderbare Zeit. Mit langen Strandspaziergängen. Mein Großer kaufte sich sogar noch einen Drachen, wie kleine Kinder tobten wir lachend und glücklich am Strand.

So etwas nenne ich Familienglück. Gegen Abend dann wieder zu Hause angekommen, hatten wir natürlich alle drei riesigen Hunger.

Doch was meine Jungs ja nicht wussten, ich hatte ihr Lieblingsessen schon vorgekocht. Sie nennen es bis heute: Spacks: Spaghetti mit viel mehr Hackfleischsoße, damit ein jeder auch wenigstens eine Portion mit zu sich nach Hause nehmen konnte. Ist das nicht schön, wenn die

Mütter alles schon im voraus ahnen?? Da sind wir Mütter doch alle gleich, oder?

Zurück zu unserem Essen auf der Terrasse. So mitten im Gespräch sagte Michael zu mir: „Du Mami, ich habe dir letztes Jahr doch von mir einen gebrauchten Computer mitgebracht. Was ist eigentlich damit?" Der Große, mein Andy, bekam mal eben Kulleraugen. Ich hatte vergessen, es ihm zu erzählen.

Für mich war das doch auch nicht so wichtig. Nun musste ich leider gestehen, ich hatte mich mit diesem Computer noch gar nicht so richtig beschäftigt. Ich dachte so bei mir: jetzt bloß keine Ausreden. Ich gab also ehrlich zu, dass ich von dieser ganzen Materie fast keine Ahnung hatte. Die Kinder lachten und meinten dann, sogar mit ernstem Blick: Na gut Mami, das ändert sich ab heute. Wir setzen uns jetzt dran und erklären dir das noch einmal. Mir wurde schon ganz mulmig in der Magengegend, doch sie hatten ja beide Recht. Dieses materielle Gerät, wie ich es nannte, sollte mir ja Abwechslung bringen. Nun gut, ich hörte dieses Mal auch genauer zu als vor einem halben Jahr.

Alles in allem ging somit dieses Wochenende für uns drei viel zu schnell zu Ende. Es war aber nicht zu ändern, das brachte mein Umzug an die Nordsee wegen der großen Entfernung nun mal mit sich. Als ich dann abends in meinem Bett lag, war ich richtig glücklich, dass ich mit meinen Kindern über alles geredet habe. Natürlich riefen sie beide abends noch an, dass sie gesund zu Hause angekommen waren. Erst jetzt konnte ich in aller Ruhe schlafen und vielleicht auch etwas träumen? Wer weiß!

Am nächsten Tag dachte ich an die Gespräche und das doch gebliebene Kinderlachen, als der Drachen den Wolken immer näher kam. Zumindest sah es so aus. Darum nahm ich diese Erlebnisse einfach mit in meine Gedankenwelt. Denn der Alltag holte mich sehr schnell wieder ein, als mein Bastie mit seiner Leine vor meinen Füßen saß. Und nun? Zwei große Augen schauten mich fragend an. Ist ja schon gut, ich habe dich doch nicht vergessen. Ob vielleicht ein wenig Eifersucht aus seinen Augen sprach? Aber auch das müssen Hunde lernen, genau wie wir Menschen. Nicht immer, aber immer öfter. Manchmal muss ich doch über meine eigenen Gedanken schmunzeln.

Mit der Zeit ging der Sommer so ganz langsam in den Herbst über. Die Natur veränderte sich in manchmal traumhafte Farben, die vielleicht durch Luft, Nebel und Wind einfach in die andere Jahreszeit wechselten. Jetzt kamen für mich viele Gelegenheiten, mit meiner Kamera unterwegs zu sein. Bei Wind und Regen, auch so manch schönem Sonnenschein. Die vielen Wolkengebilde haben ja schon ihre ganz eigenen Farbnuancen. Doch genauso heftig finde ich die große Farbpalette aller Bäume, Büsche und Pflanzen. So war ich doch immer wieder erneut begeistert von dieser wunderschönen Zauberpracht. Danach musste ich natürlich alle Fotos auf meinen Computer laden, das forderte meine ganze Kraft und Ausdauer. Zumal ich ja auf diesem Gebiet noch nicht so versiert war. So konnte ich oftmals über mich selber lachen, denn Geduld ist nicht meine Stärke. Wie dem auch sei, alles in allem machte mir mein neues Hobby immer wieder viel Spaß.

Die Zeit verging und eines Abends, ich war wieder einmal an meinem Computer, da landete ich doch tatsächlich in der Rubrik: Freundschaft im Internet. Ich überlegte erst einmal und kam dann auf die glorreiche Idee, es war schon etwas spät, doch mir war es egal, ich rief erst einmal meine Freundin an, sie war auf dem Gebiet schon bisschen gewiefter als ich. Wie schön, Ingchen war noch nicht im Bett. „Du, sag mir doch mal, was heißt: Freundschaft im Internet?" „Ja weißt du, das geht so ..." langer Rede kurzer Sinn: komischerweise kapierte ich diese Klick für Klick Weise sehr schnell.

Ich bedankte mich und klickte an meiner Tatstatur von einer Rubrik in die andere. Doch was soll ich sagen, plötz-

lich landete ich in einer Sparte: Brieffreundschaft sucht!!
Oh man oh man, dachte ich, was kommt jetzt auf mich zu?
Da sah ich doch echt mehrere Suchende im Chat. Wieder
kreisten meine Gedanken durch meinen Kopf, ich konnte
und wollte halt nicht anders. Obwohl ich eigentlich in meinem Leben zu oft spontan reagierte. Nachdem ich mich
nun schon durch verschiedene Texte durchgelesen hatte,
fiel mir eine Freundschaft suchende Mail besonders auf.
Ich verrate sie auch jetzt:

WENN ES EINEN MENSCHEN GIBT, DER
DIE MELODIE MEINES HERZENS KENNT
UND SIE MIR VORSPIELT –
WENN ICH SIE VERGESSEN HABE

möge sich doch bitte bei mir melden.

Papillon. Jetzt war ich doch ein bisschen ergriffen auch
von dem Namen. Denn Papillon heißt Schmetterling und
ich hatte mir den Spitznamen: Möwe Jonatan zugelegt.
Ich dachte so bei mir, das passt ja vielleicht??
Und schon wieder fing ich an, erst einmal nachzudenken.
Warum war ich denn jetzt nicht in diesem Moment auch so
spontan wie sonst?
Ich hatte dafür leider jetzt keine Erklärung.

Denn schließlich wollte ich erst einmal für die Antwort die richtigen Worte finden. Genau das machte mir Schwierigkeiten. Also kochte ich mir zum Nachdenken einen heißen Cappuccino.

Auch eine Zigarette gehörte zum Überlegen.

Mein Hund schnarchte in seinem Körbchen, was war ich froh darüber, denn eigentlich wäre er doch sicher nochmals gern mit mir Gassi gelaufen. Aber was nicht war, konnte ja immer noch kommen. Darum verhielt ich mich schön leise, mit meinen Kopfhörern an den Ohren, aus denen meine Musik, natürlich mit Andrea Berg, zu hören war. In diesem Moment lief das Lied: Du hast mich tausendmal belogen. Zur Erinnerung: Ich lebte alleine und war ja geschieden. Da passte dieser Song doch gerade für meine Seele, oder? Na ja, Schwamm drüber. Wie es dann manchmal so ist, machte es in meinen Gehirnströmen: KLICK.

Ja in echt. Eine Antwort auf die Frage von diesem PAPILLON kam jetzt in meinen Kopf. Einfach so ganz von allein war sie plötzlich da. Und diesmal habe ich nicht mehr lange über legt, sondern sie sofort aufgeschrieben. Sie lautete folgendermaßen:

WER NIE DAS SCHLAGEN VON
SCHMETTERLINGSFLÜGELN GEHÖRT

HAT – WEISS AUCH NICHT;
WIE SÜSS WOLKEN SCHMECKEN!!

Ja das fand ich spitze, das fand ich supie. Also klick und meine Mail war weg. Jetzt packte mich natürlich die absolute Nervosität und kribbelnde Aufregung. Ebenso dieses lange Warten, was da jetzt wohl kommen mag. Ich fühlte mich fast wie in einem Krimi.

Ich übertraf mich doch jetzt tatsächlich selbst.

Bastie, Kleiner, komm, eben noch mal Gassie gehen? Stille Ruhe, doch plötzlich, Augen auf, mich angeblinzelt und schon lag seine Leine vor meinen Füßen. Ein Blick auf meine Putermaschine: da war noch Ruhe. Ich zog meine Latschen an, denn ich war ja, wie immer, abends zu Hause barfuß. Gerade wollte ich los, da sagte eine Blechstimme: Sie haben Post – oh nein, das geht doch jetzt nicht, mein Bastie. Mit einer Umdrehung öffnete ich schnell die Terrassentür und ließ ihn in den Garten laufen. Meine Anspannung war in diesem Moment sehr groß, musste ich so für mich innerlich feststellen.

Wo hatte ich denn jetzt wieder meine Lesebrille gelassen? Das konnte doch nicht wahr sein! Ich fand sie einfach nicht in meiner Aufregung. Doch nach langem Suchen: Überraschung!! Wie konnte es denn auch anders sein, ich hatte sie im Bad liegen gelassen. Wie schön, wenn man auch mal über sich selber lachen kann. Nun endlich konnte ich die Nachricht lesen. Und das ganz schnell, dachte ich so bei mir. Auch ein bisschen Freude, dass überhaupt eine Antwort kam, machte sich in mir breit. Nun stand in der Antwort-Mail folgendes:

BIN ICH EIN FALKE, EINE MOEWE – ODER EIN GESANG –
ICH MÖCHTE VIELLEICHT DER GESANG FÜR EIN NEUES LEBEN WERDEN!!

Diese Zeilen haben mich gepackt, ergriffen und überwältigt. Denn damit hatte ich niemals gerechnet. Nun war ich völlig durcheinander.
Ich glaube, dass das ein jeder verstehen würde. Ich wusste doch überhaupt nicht, wer mir diese Zeilen schrieb und was dahinter steckte. So weiter und so weiter. Fragen an Fragen taten sich in mir auf. Mit einem Blick auf die Uhr stellte ich fest: egal wie spät es schon war, ich musste doch noch eben meine Freundin anrufen. Denn jetzt war ich völlig aus dem Häuschen. Was sollte ich nur machen? Wie schön, sie hatte Verständnis für meine jetzige Lage und meinte doch ganz cool: Schreib weiter und hab keine Angst, denn dein Gegenüber hat ja weder Namen noch Adresse von dir. Tatsächlich. Meine liebe Freundin sollte

Recht behalten. So wanderte eine Mail nach der anderen über den Computer-Äther. Es war schon alles aufregend aber auch sehr lustig .Was wir uns eigentlich als Fremde so zu schreiben hatten. Nach zirka zwei Stunden stellte meine Chat-Erneuerung fest, dass wir sehr viele Gemeinsamkeiten haben. Ich fand das schon alles sehr komisch, ich bekam sogar ein wenig Herzklopfen. Wer das auch immer verstehen mochte. Ich jedenfalls in diesem Moment noch nicht. Au weia!! Mir fiel soeben mein Hund ein. Ob er immer noch im Garten Zeitung schnüffeln war? So schaute ich in meinen Garten in die Dunkelheit und rief ganz leise: Bastie? Wo bist du? Nächtliche Stille umgab meine Ohren. Doch es kam keinerlei Regung. Da es doch schon sehr spät war, durfte ich nicht mehr pfeifen. Nochmals, nochmals leise rufen. Soeben wollte ich meine kleine Taschenlampe holen, da, leises Schnaufen aus der Körbchenecke, da lag er doch tatsächlich ganz ruhig in seine Decke gekuschelt und sein Schwänzchen wedelte vor Freude. Vor lauter Freude musste ich einmal seine Ohren kraulen und dann schickte ich ihn auf seine Traumreise durch die Nacht. Mein Hund ist und bleibt halt der Ruhepol für meine Seele. Mittlerweile waren meine Gedanken schon etwas müde. Als wieder eine Stimme sagte – Sie haben Post. Die Neugier trieb mich natürlich wieder auf meinen Stuhl vor den Bildschirm. Auch das

78

war in dieser langen Zeit des Chattens schon passiert: Wir hatten unsere Vornamen schon verraten.

Das fand ich auch gut, denn so konnten wir uns doch besser unterhalten. Daraus resultierte etwas später die Frage: „Darf ich dich vielleicht jetzt noch eben kurz anrufen?" Man achte auf die Zeit. Es war mittlerweile schon ein Uhr nachts geworden. Ich musste erst einmal überlegen.

Meine Freundin konnte ich jetzt um diese Zeit nicht mehr anrufen. Also schrieb ich dem Papillon meine Telefon Nummer. Was soll ich sagen? Kurze Zeit später rief er mich tatsächlich noch an. Mein Herz klopfte bis über beide Ohren. Ein Gefühl, das man kaum beschreiben kann. Wider Erwarten wurde dieses Telefonat sehr kurz. Anne ich habe einen Vorschlag und eine Bitte zugleich.

Da es schon sehr spät war für meine Gedanken, konnte ich ihm nicht sofort antworten. „Anne, bist du noch am Hörer?" „Ja, ja. Was möchtest du?"

„Vorschlag. Wir gehen jetzt sofort schlafen und wenn es dir recht ist, möchte ich dich heute Mittag in Garding zum Essen einladen." Jetzt war mein Gehirn völlig leer und vor lauter Müdigkeit fing ich leise an zu lachen. Ich weiß nicht warum, mir lief sogar eine Träne über meine Wange. Bevor ich fragen konnte, ob die lange Fahrt nicht zu viel wäre, hörte ich nur noch ein leises: „Bitte bitte." Na gut, dachte ich. Und wie von alleine sagte ich dann nur noch:

„Um zwölf Uhr, ist das gut so?" Ich merkte seine Freude, daher sagten wir uns nur noch in leiser, verhaltener Stimme: „Gute Nacht, bis nachher." Als ich den Hörer aufgelegt hatte musste ich erst einmal nachdenken, ob ich eventuell alles nur geträumt hatte. Doch die vielen E-Mails zeigten mir, dass alles Realität war. Obwohl ich ja nun sehr aufgeregt war über diese Bekanntschaft der besonderen Art bin ich dann doch sehr schnell eingeschlafen.

Am nächsten Morgen, wie immer und doch fühlte ich mich anders als sonst, ich musste Basti versorgen, Käffchen kochen und wenigstens in aller Ruhe frühstücken. Aber das klappte nicht so wie sonst, denn ich war innerlich schon sehr aufgeregt. Das Telefon klingelte. Meine Freundin war jetzt natürlich auch neugierig. In aller Kürze: sie fing laut an zu lachen und meinte: „Sei trotz allem sehr vorsichtig und ich wünsch dir viel Spaß." Den sollte ich wohl auch haben. Auch wenn ich nicht wusste, was auf mich zukam. Einerseits war ich aufgeregt, wiederum aber auch ruhig. Die Zeit verging wie im Flug und es war schon halb zwölf, Bastie noch eben Mittagessen geben danach machte er gern seinen Mittagschlaf. Ich konnte durch Nachbars Garten zum Treffen am Marktplatz gehen. Und nun wird es lustig. Ich beschreibe jetzt mal, wie ich auf den Pappillon vom Computerchat zugegangen bin.

Als erstes war ich glücklich, dass die Sonne mit ihrer ganzen Kraft vom Himmel lachte. Dann geht es mir sowieso immer gut. Wie schon gesagt, durch Nachbars Garten, das war eine Abkürzung, ging ich auf den Marktplatz zu. Dort angekommen, schaute ich vorsichtig alle Autos an. Ich gebe ja zu, innerliche Aufregung machte sich breit und dadurch merkte ich gar nicht, dass genau mir gegenüber ein Mann an seinem Auto stand und direkt in meine Richtung schaute. Ich glaube sogar, dass mein Gesicht rot wurde. Was dann passierte, hätte ich in dem Moment nicht in Worte fassen können. So aufgeregt war ich innerlich, sogar mein Herz hörte ich in lauten Tönen klopfen. Trotzdem, ich bin ja vom Sternzeichen Löwe, ging ich auf diesen mir noch fremden Mann zu. Und was soll ich sagen, wir begrüßten uns wie zwei Freunde, die sich schon ewig kannten. Das klingt jetzt fast wie in einem Roman. Ich sollte aber jetzt in diesem Moment schnellstens merken, dass unser Treffen zu einem wahren Erlebnis wurde. Da standen wir uns nun gegenüber. Heiner, so hieß er, begrüßte mich mit einem fröhlich coolen Moin Moin Anne und nahm mich ganz locker einfach so in den Arm und schenkte mir einen kleinen Blumenstrauß. Geplättet, gebügelt – wie man es auch nennen mochte, ich war wieder mal sprachlos. So brachte diese Verlegenheit mich doch tatsächlich zum Lachen.

Fast hätte ich gesagt: „Gehen wir zu dir oder zu mir?" Aber nein, ich wollte doch höflich sein. Also machte ich den Vorschlag, bei uns in Garding in die kleine gemütliche Musikantenkneipe zu gehen. Fand er toll und freute sich sogar. Ich natürlich auch, denn jetzt sollte er mal unseren Gardinger Begrüßungstrunk kennen lernen, den „Pharisäer". Was ist denn das? Konnte ich in seinen Augen sehen. Ich erklärte ihm folgendes:

Das ist Kaffee mit Sahne und Schuss. Aha.

Nun meinte er, na gut ich bin für alles neue offen. Ich musste leise schmunzeln, denn er wusste noch nicht, was da auf ihn zu kam. Und was soll ich sagen: Heiner schlürfte diesen „Pharisäer" so richtig mit Genuss runter. Während unsere Unterhaltung ohne Punkt und Komma immer weiter lief, bestellte er sogar einen zweiten Kaffeemix. Unsere Unterhaltung wurde immer lustiger, bis wir dann feststellten, es war schon Mittagszeit und so langsam meldete sich unser Magen. Heiner meinte dann so ganz nebenbei: „Mir geht es richtig gut hier bei dir. Ich komme mir vor, als wenn wir uns schon sehr lange kennen würden." Ich staunte nicht schlecht, denn dasselbe dachte ich auch so bei mir. Außerdem war ich immer noch sehr aufgeregt und nervös. Vielleicht weil er mir sympathisch war? Wer wusste das schon in dieser Aufregung.

Es war der dreißigste Mai und das Wetter war sehr schön. Darum machte ich den Vorschlag, an den Strand zu fahren, wo wir auch gleichzeitig Mittag essen könnten. Auja, das fand er sehr gut. Natürlich gab es für uns beide Matjeshering mit Bratkartoffeln. Danach war auch noch ein langer Strandspaziergang fällig. Es war alles so wunderschön, dass wir fast die Zeit vergaßen. Denn Heiner musste abends doch wieder nach Hause fahren. Ich dachte so bei mir, die Strecke ist ja sehr weit, doch es musste so sein. Heiner versprach mir, wenn er zu Hause angekommen ist, mich dann auch anzurufen. Wegen der Sorgen, versteht sicherlich jeder. Mit einem Küsschen auf die Wange verabschiedeten wir uns von einander.

So fuhr er dann los und ich ging wieder durch Nachbars Garten zu meiner Wohnung. Und da stand auch gleich mein Kleiner, mein Bastie. Ja, ist in Ordnung, wir spazieren noch eine Runde.

Aber was war denn das? Meine Gedankenwelt war doch ganz schön durcheinander. Also gingen wir zwei etwas schneller nach Hause, um sofort ans Telefon zu sehen. Nein das konnte doch noch gar nicht geklingelt haben, es war ja mal eben knapp eine Stunde vergangen.

Aber es war so, der Heiner hatte tatsächlich vom Autotelefon schon angerufen: „Ich wollte nur eben sagen dass es mir sehr gut geht melde mich später wieder."

Jetzt fiel mir nichts mehr ein, aber auch wirklich gar nichts, und das kommt bei mir relativ selten vor. Dafür war meine Freude aber doch sehr groß. Mit meinem heißen Tee legte ich mich danach aufs Sofa und schaute mir einen Film an. Leider konnte ich mich kaum konzentrieren, da ich immer auf die Uhr schaute und an den schönen Tag denken musste. Wie konnte es angehen, dass ich einen Menschen übers Internet kennen lerne und das Gefühl habe: den kenne ich schon länger? Bis zum heutigen Tag habe ich dafür keine Erklärung gefunden. Ich konnte nicht mal ins Bett gehen, weil ich ja wartete und wartete, bis Heiner dann endlich gegen Mitternacht anrief. Und wieder telefonierten wir noch fast zwei Stunden.Es gab halt einfach immer noch viel zu erzählen. Wobei zum Schluss die Frage kam: „Sehen wir uns bald wieder?" Bitte lass mir etwas Zeit, denn ich muss erst einmal über alles nachdenken. Vor lauter Aufregung, die der Tag mit sich gebracht hatte, schlief ich dann doch sehr schnell ein. Am nächsten Morgen dachte ich doch tatsächlich, der letzte Tag war nur ein Traum. Aber das war nicht so, denn das leise Klingeln des Telefons brachte mir alle, alle Erinnerungen des letzten Tages zurück. Ich war happy, ich war so glücklich, das kann sich kaum ein anderer vorstellen. Die Frage, am nächsten Wochenende wiederkommen zu dürfen, ergab sich dadurch von alleine. Ich freute mich heftig und habe sogar einen Kuchen gebacken. Ich glaube, damit habe ich mich selbst übertroffen.

Es passieren halt schon manches Mal seltsame Dinge, wenn sie mit soviel Freude verbunden sind. Um das ganze etwas abzukürzen: wir beide haben uns sehr schnell verstanden und angefreundet. So, dass Heiner ein Jahr lang, bei achthundert Kilometern, jedes Wochenende zu mir an die Nordsee kam. Jetzt aber bitte, so nebenbei, bitte nur nicht lachen, er schlief immer ganz brav im Gästezimmer. Mit der Zeit stellten wir auch viele Gemeinsamkeiten fest, wie Kochen, Malen und vieles mehr. So verging das erste Jahr wie im Flug. Kaum zu glauben, doch so war es dann wirklich. In diesem einen Jahr sind natürlich viele Gedanken durch unsere Köpfe gezogen. Überlegungen und Entscheidungen wurden genauso getroffen. Für so manchen mag sich diese Geschichte wie ein Märchen anhören, doch diese Lebensgeschichte ist eine wahre Begebenheit aus meinem Leben.

Genau ein Jahr später. Eine Woche vor dem Kennenlern-Tag, dem dreißigsten Mai, zog mein Heiner, mittlerweile hatte ich ihm den Namen Hase gegeben, zu mir an die Nordsee. Seit diesem Tag hat unser Leben völlig verändert. Denn am: dreißigsten Mai haben wir uns beide standesamtlich das „JA"-Wort gegeben. So begann für uns

eine wunderbare Zeit des Zusammenwachsens, Kennenlernens, wie der andere denkt und handelt. Wichtig war
uns auch, die Lebensgeschichte des anderen zu erfahren.
Ich gebe zu, dass es manches Mal auch nicht einfach war.
Denn schließlich hatten wir beide, jeder für sich, schon
eine Ehe hinter uns gelassen. Traurig für meinen Mann,
dass er durch Tod schon zwei Frauen verloren hatte. Da
war für mich klar, alles brauchte seine Zeit. Mit viel
Verständnis, in Ruhe und Gelassenheit, haben wir dann
jeden Tag neu begonnen. Lustig war es als wir unsere fast
gemeinsamen Hobbys erkannten. Das war dann die andere Seite unseres gemeinsamen Zusammenlebens.

Es war im Sommer, da meinte Heiner: komm wir fahren
ein bisschen über Land. Klar, das Wetter war wunderschön
und so fuhren wir mit dem Auto los. Auf einmal fing
Heiner an zu lachen. Ich schaute ihn fragend an, da meinte er nur, eigentlich hätten wir zu Hause ja auch noch
genug zu tun, wie zum Beispiel unsere Möbel in Einigkeit
umzustellen. Da hast du zwar Recht, doch morgen ist ja
auch noch ein Tag. So lächelten wir uns zu und fuhren ver-
gnügt weiter. Die Richtung zeigte mir, dass wir zum
Strand fuhren. Ich freute mich, denn der Strand das Meer
und die Wellen erzeugten in mir Gelassenheit und innere
Ruhe. Da wir uns noch sehr viel zu erzählen hatten merk-

ten wir gar nicht, wie weit wir schon am Strand gelaufen waren. Zwischendurch fand ich immer wieder verschiedene schöne Muscheln, die dann in meine Jackentasche wanderten. Plötzlich stand Heiner da und war am Fotografieren, er schien so richtig ausgelassen und lustig. Mittlerweile war es schon Mittag geworden und unser Magen hatte etwas Hunger. So haben wir uns entschlossen, in das Pfahlbau-Restaurant zu gehen. Als wir die Treppe hinaufgingen, war mir schon klar, was ich essen würde, aber ob mein Mann das auch mochte oder kannte? Natürlich Matjes-Hering mit Bratkartoffeln. Ich hatte richtig vermutet, er kannte es nicht und dennoch hat er es auch gegessen. Man sehe und staune, es hat ihm sehr lecker geschmeckt. War ich glücklich!

Noch einen leckeren Cappuccino und in aller Ruhe sind wir dann wieder nach Hause gefahren. Unterwegs fiel mir dann aber ein, dass heute ja Donnerstag war. Einmal in der Woche an diesem Tag ging ich abends immer in die Bibelstunde. Heiner fragte: warum bist du denn so still? Ach, weißt du, mir ist da eben etwas eingefallen. Dann sag es mir doch. Na gut, ich erzählte und erklärte. Da unterbrach er mich und meinte, für mich ist das kein Problem. Wenn du nichts dagegen hast, komme ich gern mit.

Jetzt war ich doch leicht überrascht, denn damit hatte ich nicht gerechnet. Denn ich wusste, dass mein Mann katholisch war. Und genau dieses Thema hatten wir in unseren so vielen Unterhaltungen noch nicht weiter beredet. Aber egal. Zuhause angekommen, eben noch umziehen und dann fuhren wir zur Bibelstunde. Da ich schon länger dabei war, musste ich meinen Mann erstmal allen Freunden vorstellen. Eine Tasse Tee lockerte die ganze Situation doch etwas auf. Somit hatten wir dann einen wunderschönen Abend. Als wir dann zu Hause gemütlich noch auf dem Sofa saßen, haben wir uns lustig und doch ernst noch einmal über diesen Abend unterhalten. Ich habe Heiner erklärt, dass diese Bibelgruppe der evangelischen Freikirche angehört. Und dass ich durch diese Kirche und mein Engelerlebnis erneut zu meinem Glauben gefunden habe. Mir war klar, dass er darüber erstmal nachdenken musste. Eine längere Zeit war vergangen. Da sprach Heiner mich wieder auf meinen Glauben an. Denn ich hatte mich schon vor einiger Zeit entschlossen, mich noch einmal taufen zu lassen. Dieser für mich tiefe innerliche Entschluss veränderte mein Leben von Grund auf. Mit dem Tag der Taufe habe ich Gott mein Leben übergeben. Ein Leben und auch Handeln nach dem Wort Gottes aus der Bibel. Der Tag der Taufe war ein ganz ganz besonderes Erlebnis für mich. Die Gemeinde und unsere Bibelgruppe waren alle dabei. Zuerst wurde gesungen und gebetet und dann wurde ich mit noch anderen Christen in einem großen Taufbecken, welches vor dem Altar war in weißer Kleidung vom Pastor festgehalten und unter Wasser getaucht. Als ich wieder hochkam, sprach ich mein Gebet und wurde vom Pastor gesegnet. Nun war ich ein wiedergeborener Christ. Kaum zu beschreiben, wie ich mich fühlte. Ich sag es mal mit meinen Worten:

Innere Zufriedenheit, frei und fröhlich zugleich – danach folgte noch eine kurze Predigt, unsere Lieder wurden von Gitarren begleitet, es war alles sehr festlich bereitet. Es gab sogar noch ein kleines Buffet zum Abschluss. Mein Mann der so etwas ja nicht kannte, saß ganz leise und ergriffen neben mir. Er sah mich an und seine Augen strahlten helle Freude aus.

Das machte mich innerlich sehr glücklich. Ich konnte doch aus unserem vorherigen Gespräch noch nicht erahnen, wie er reagierte. Daher war ich doppelt zufrieden. Was mich danach weiterhin erfreute, dass mein Mann nun jeden Donnerstag mit mir zur Bibelstunde ging. Das erste Mal in meinem Leben fühlte ich mich innerlich und in meiner neuen Ehe zu Hause angekommen. Unser gemeinsamer Trauspruch:

„Glaube - Liebe - Hoffnung": sollte ab jetzt der Weg für unser Leben werden.

Ab jetzt war mir auch klar, was ich in meinen vergangenen Jahren geglaubt habe, jedoch nicht wirklich gelebt hatte.

So entwickelte sich unser kleines gemeinsames Leben zu einer wunderschönen Zweisamkeit mit Fröhlichkeit ,Achtung und gegenseitigem Verständnis. Dabei hatte ich zu meinen Kindern vor Jahren immer gesagt: ich heirate nie wieder. Was sagt uns dieses? Das Wort „nie" sollte man nie gebrauchen. Gern sagte mir diesen Satz meine Oma schon früher. Auch alte Weisheiten behalten oft ihren Sinn in unserem Leben.

Die Zeit verging wie im Fluge und wieder war fast ein Jahr vorbei. Genauer gesagt es war Juli. Wir saßen abends auf dem Balkon, da kam mein Mann mit einer Flasche Wein und meinte ganz locker: ich möchte mit dir etwas bereden. Dabei spielte ich gerade mit unserem Hund Bastie. Jetzt war ich doch sehr gespannt, was mein Heiner mir zu sagen hatte.

Auf einmal, man glaubt es kaum, war es ganz still unter uns. Sogar unser Bastie lag ganz ruhig auf meinen Füßen. Heiner gab mir ein Glas Wein, nahm dann meine Hand und fragte mich in seiner ruhigen Stimme: Was hältst du davon, wenn wir an Deinem Geburtstag, am 12. August kirchlich heiraten. Vor lauter Schreck, nein vor Freude: In diesem Moment war ich echt sprachlos. Meine Gedanken und Sinne waren völlig durcheinander. Denn ich hatte so schnell nicht damit gerechnet. Wieder trat so eine leise Stille zwischen uns ein. Dann auf einmal, wie aus der

Pistole geschossen, fingen wir beide unter Tränen an zu lachen und nahmen uns in die Arme und ich sagte: Ja, aber gern!! Vor lauter Aufregung fing mein Herz jetzt ganz doll an zu klopfen und genau in diesem Moment kam mir ein alter Gedanke in den Sinn. Vor Jahren als ich Heiner noch nicht kannte, habe ich des Öfteren zu Freunden gesagt: ich heirate nie wieder. Man sollte doch das Wort "nie" aus seinem Wortschatz einfach streichen. Egal, nun war es ja passiert, ich fühlte mich gut und war innerlich zufrieden. Doch das sollte sich sehr schnell ändern. Denn jetzt wurden die Aufregungen mit ihren Planungen erst richtig heftig. Wie das Leben so manches Mal spielt, war mein Geburtstag an einem Wochentag. Das hieß: unsere Kinder und der Familienclan, sie alle mussten arbeiten. Demzufolge wurde die kirchliche Trauung an den darauffolgenden Samstag verlegt. Diese Nacht wurde für uns beide sehr kurz, denn wir mussten ja schließlich überlegen und alles auch richtig planen. So fing es damit an, dass wir unsere Freunde hier vor Ort als erstes davon in Kenntnis setzten. Diese Nachricht hatte zur Folge, dass das Telefon den ganzen Tag nicht mehr still stand. Was aber noch viel kurioser und für uns erstaunlich war: dass plötzlich viele Hände zum Helfen da waren, obwohl wir ja eigentlich schon einen Plan gemacht hatten. So freuten wir uns natürlich über diese liebe Hilfe.

Es funktionierte alles fast wie von alleine. Außer dem festgesetzten Vorgespräch mit unserem Pastor lief alles andere wie von selbst. Unsere Kinder waren auch alle pünktlich angereist. Leider hatten die Geschwister meines Mannes aus irgendwelchen Gründen abgesagt.

Darüber waren wir schon sehr traurig. Doch bei dieser weiten Entfernung ging es halt nicht anders. Was ich persönlich ganz toll fand: dass wir gerade an diesem unseren Wunschtag wunderschönes Wetter mit strahlendem Sonnenschein hatten. Vor der Gemeinde streuten kleine Kinder Blümchen vor uns her, als plötzlich hinter uns jemand „Hallo" sagte. Wir trauten unseren Augen kaum.

Da standen doch tatsächlich alle Geschwister meines Mannes hinter uns. Ich dachte, mein Herz blieb stehen. Vor lauter Freude war ich einen Moment wieder mal sprachlos. Dieser schöne Tag war mit Freude und vielen Überraschungen begleitet. So wurden wir Beide mit unserem Trauspruch: Glaube – Liebe – Hoffnung – ins Leben geschickt. Nun folgte eine wunderbare Zeit des ehelichen Zusammenlebens. Viele Gemeinsamkeiten haben uns dabei begleitet. Weiterhin besuchten wir einmal wöchentlich die Bibelstunde, denn Gottes Wort gehörte zu unserem Leben. Wir wollten lernen, nach dem Wort Gottes auch zu handeln. Und haben bald festgestellt, dass das einfacher gesagt als gelebt ist.

Nun war fast schon wieder ein Jahr vergangen und wir stellten fest, dass unser Eheleben mit viel Freude und Zufriedenheit verlief. Eines Tages, als wir von unserer Bibelstunde nach Hause kamen, wollten wir noch ein Gläschen Wein trinken. Als mein Mann zu mir sagte: „Ich möchte mich auch gern noch einmal taufen lassen und nach dem Wort Gottes handeln und leben." Ruhe und Stille war in diesem Moment zwischen uns. Wir schauten uns beide an und wie von alleine sprachen wir ein Gebet, in dem wir unseren Wunsch an den lieben Gott abgegeben haben. Dann gingen wir in aller Ruhe schlafen. In den nächsten Tagen wurde über dieses Thema überhaupt nicht mehr gesprochen. Am kommenden Sonntag gingen wir zum Gottesdienst und da sprach mein Mann unseren Pastor an wegen der Taufe. Ich stand ganz still daneben und hörte nur zu. Mein Herz klopfte laut vor Freude. Denn nur wenn wir beide durch die Taufe wiedergeborene Christen sind, können wir auch gemeinsam den Weg nach Gottes Wort gehen und leben. Das war ein tiefer Wunsch von mir und er ist in Erfüllung gegangen. Ohne dass ich Heiner beeinflusst hatte, war dies sein ganz eigener Entschluss. So wurde mein Mann nach einer Taufvorbereitung zwei Wochen später mit noch anderen Christen getauft. Wieder war für mich ein ganz besonders schöner Tag in meinem neuen Leben. Ein Tag der besonderen Art, der inneren Verbundenheit.

Nun waren wir beide wiedergeborene Christen. So stellten wir sehr bald fest, das Wort zu lesen ist das eine, aber auch danach zu leben ist in dem Alltag nicht so einfach.

Jedoch unsere Freunde in der Bibelstunde sie haben uns gern dabei geholfen auf unsere Fragen zu antworten. Das wichtigste dabei war aber immer, dass wir merkten, Gott führt uns immer auf den richtigen Weg. Auch der Umgang mit unseren Mitmenschen hat sich durch unser Leben mit Gott verändert. Wir konnten viele Begegnungen in Ruhe und Gelassenheit annehmen und verarbeiten. Weil wir uns durch die Hektik der Mitmenschen nicht mitreißen ließen. Ich weiß noch vom mir, dass ich früher oft gleich explodierte, weil ich nicht nachgedacht habe, sondern immer spontan auf alles reagierte. Mit der Zeit stellte ich also fest, dass dieses Leben mich zufriedener machte Ich wurde ausgeglichener und nahm mir mehr Zeit zuzuhören, was mir der Nächste sagen wollte oder auch wenn Entscheidungen zu treffen sind. Heute überlege ich lieber erst, bevor ich zu schnell antworte.

Mittlerweile habe ich auch für mich festgestellt: egal, welche Gedanken gerade durch meinen Kopf laufen, ich gebe sie in einem Gebet an den lieben Gott ab.

In einer Predigt fiel mal der Satz: Der liebe Gott ist nur ein Gebet weit entfernt. Und diese Aussage habe ich mir bis heute gemerkt.

Mit der Zeit stellte ich auch fest, dass jeder Mensch seinen eigenen Weg erleben und gehen muss, auch für sich selbst die Verantwortung trägt. Ein Erlebnis aus dieser Zeit möchte ich gern erzählen, welches der Tatsache entspricht. Meine Gesundheit machte Schwierigkeiten, so dass ich klinisch behandelt werden musste. Als ich dann später wieder zu Hause war, sollte ich nach zwei Wochen nochmals zur Kontrolle kommen. Diese hatte ergeben, dass die erste Behandlung nicht ausreichte. Sie sollte wiederholt werden. Ich musste erstmal tief Luft holen und wollte gern mit meinem Mann darüber reden. Es gab auch keine Einwände.

Draußen im Park setzten wir uns auf eine Bank und waren erstmal sprachlos. Ich kann es nicht erklären. Wir schauten uns beide an und ich konnte einfach kein Wort sagen. Nach kurzer Zeit standen wir auf und gingen beide so sprachlos zum Arzt. Er fragte mich, wann ich denn nochmals in die Klinik käme. Ohne innere Unruhe oder Aufregung, sagte ich nur: „Nein ich komme nicht noch einmal zu Ihnen."

Seine großen Augen sahen mich ebenso sprachlos an.

Dann meinte er: „das ist aber für Sie bestimmt nicht gut."

Ganz ruhig antwortete ich: „meine Entscheidung steht für mich fest. Denn ich bin ein Christ und glaube, dass Gott allein meinen Weg bestimmt und daran halte ich fest."

„Na gut, wenn sie das für sich so meinen, müssen wir das

so akzeptieren." Auf Wiedersehen und weg waren wir beide, mein Mann und ich. Wir fuhren nach Hause, doch über dieses Thema wurde nicht gesprochen. Daheim angekommen, nahm mein Mann mich in den Arm und meinte: „alle Achtung mein Mädchen, du hast für dich allein entschieden. Und das ist gut so." In den nächsten Wochen habe ich ab und zu mal an diesen Tag denken müssen, aber auch nicht mehr. Vier Wochen später rief die Klinik bei uns an, ich möchte doch wenigstens bitte nur zur Kontrolle kommen. Das war für mich auch so in Ordnung. Alle Untersuchungen wurden nochmals gemacht, dann kam natürlich wieder dieses Arztgespräch. Aber dieses Mal war alles anders. Denn drei Ärzte saßen vor mir und lächelten mich an. Jetzt verstand ich gar nichts mehr. Bis mir gesagt wurde: Die Ärzte waren ratlos und konnten das neue Ergebnis nicht verstehen. Erstaunt fragte ich: Warum? Na ja, bei Ihnen ist heute plötzlich alles in Ordnung. Keinerlei Befund. Ich schaute meinen Mann an, wir standen auf, sagten Tschüss und gingen in aller Ruhe zum Auto. Nein, vorher setzten wir uns erneut auf unsere Bank, ich sprach ein leises Gebet, dann gab es noch ein leckeres Käffchen, dann erst sind wir heimgefahren. Im Herzen glücklich und dankbar, dass der liebe Gott mich auf den richtigen Weg geschickt hatte. Genau so haben sich viele Dinge in unseren Ehejahren ereignet, in denen wir uns jeden Tag von Gott getragen fühlten. So ist auch der Bibelhauskreis für uns eine wöchentliche Entspannung geblieben. Aus diesen gemeinsamen Treffen entstanden auch gute Freundschaften. Wie sagt man oft so schön: „Die Zeit vergeht einfach zu schnell, Das war auch so." Die Jahre liefen uns davon, in denen wir schöne gemeinsame Erlebnisse hatten. Wie zum Beispiel an diesem einen Wochenende: Wir hatten uns überlegt, da ja in der letzten Zeit sehr viele Veränderungen stattfanden, unseren Sohn mal wieder einzuladen. Schließlich war doch gerade Sommer und sehr warm war es außerdem. Und tatsächlich, die Kinder kamen mit unserem Enkel. Vor lauter Freude fuhr mein Mann gleich los, um Spielsachen zu kaufen. Unter anderem ein kleines Strandzelt, auch Sonnenmuschel genannt. Natürlich durfte ein Drachen auch nicht fehlen. Als wir auf dem Weg zur Kasse waren fiel mir noch ein, dass wir abends ja grillen wollten. Wir hatten beide vergessen auch dafür einzukaufen. So machten wir eine Kehrtwende und gingen zur großen Fleischabteilung. Wir schauten uns beide an und wie aus einem Mund fragten wir uns beide: haben wir jetzt alles? Mein Mann meinte: „ja, ich glaube schon." Ab ins Auto und schnellstens zum Strand, denn dort warteten schon unsere Kinder mit unserem ungeduldigen vierjährigen Enkel. Er konnte nie schnell genug ans Meer kommen, denn immer hatte der kleine Mann es sehr eilig. Mein Schwiegersohn sagte zu dem Kleinen: „Nils du bleibst bitte hier am Auto bis wir alles ausgepackt haben". Doch dieser Satz war noch nicht ganz ausgesprochen, ich suchte noch meine Sonnenbrille, da war von Nils nichts mehr zu sehen. Zu Anfang reagierten wir noch relativ ruhig. Wir teilten uns auf, so dass jeder in eine Richtung lief. Ich war schon den Tränen nah und habe auch einige Urlauber gefragt, doch niemand hatte den kleinen Nils gesehen. Mein Mann kam ganz aufgeregt auf mich zu und meinte: „Wir müssen da vorn zur DLRG gehen und ihn ausrufen lassen." Doch mein Schwiegersohn war schneller als wir, er stand schon bei der DLRG und Nils wurde ausgerufen. „Kleiner Junge vier Jahre alt wird von seinen Eltern gesucht. Er trägt ein kariertes Hemd mit einer braunen Hose und hat blonde Haare." Mir war schon schlecht und meine Beine zitterten vor Aufregung. Weiter lief ich am Strand entlang und befragte Eltern. Und was viel Schlimmer war, in jedem kleinen Jungen, der im Wasser spielte, sah ich unseren Nils. So verging fast eine ganze Stunde. Und plötzlich rief mein Schwiegersohn über das Megafon: „wir haben ihn, er ist wieder da." Vor lauter Freude nahmen wir uns in die Arme und weinten alle. Nur Nils wusste gar nicht, was los war, „Oma Nordsee", wie er mich gern nannte, „warum weinst du denn? Ich bin doch hier, gehen wir jetzt ans

Wasser, an mein Meer?" Was soll ich sagen, der Kleine hatte sich gar nicht weit von uns entfernt, er spielte in aller Ruhe mit kleinen Mädchen in einer Sandgrube, direkt neben dem DLRG Haus. Diese Mädchen hörten diesen Aufruf und brachten Nils zu den Rettern nach oben. Wir brauchten alle erstmal einen Kaffee, doch Nils packte Opa Nordsee an die Hand und meinte ganz lustig: „Habt ihr schon Kaffee getrunken? Dann können wir beide jetzt doch erst sofort zum Meer gehen. Bitte, bitte. Die anderen können ja nachkommen." Und Opa ging mit Nils ans Meer. Der Kleine hatte das Ausmaß unserer Aufregung gar nicht erfassen können, er war doch nur Sandburg bauen. Da mussten wir für uns wieder einmal erkennen, wie sorgenfrei kleine Kinder doch sein können. Opa suchte alle Spielsachen zusammen, da war doch noch was?

Ja genau, die Schwimmwesten mussten doch noch angezogen werden. „Aber Opa, brauchst du denn keine Schwimmdinger, oder wie die heißen?" „Nein mein Junge, dein Opa kann doch schwimmen." „Na gut, dann kann ich meine ja auch wieder ausziehen, denn mein Opa rettet mich ganz bestimmt!" Vor lauter Lachen hatte ich kaum noch Luft zum aufblasen dieser Westen.

Nun ging es endlich los, ran ans Wasser und Kanal bauen. Unser kleiner Nils war so eifrig beim der Matschspielen, dass er nicht merkte, als mittlerweile auch Oma-Nordsee neben ihm war und mir machte es viel Spaß zuzusehen, wie frei, glücklich und unbeschwert doch kleine Kinder sein können.

Später haben wir uns dann tatsächlich bei gutem Essen – für Nils gab es ein großes Eis – von unserer Aufregung erholen können. So ist es: Wenn man älter wird, wünscht man sich, im Herzen noch mal jung zu sein.

Zum Schluss kommt mir noch ein Gedanke:
Nur ein kleines Lächeln.
Ich will dir keinen Kummer machen –
Kind sein und ein kleines Lachen –
Sollen dich begleiten –
Nicht nur jetzt und heute –
Sondern auch in allen Lebenszeiten.

Zu diesen Lebenszeiten gehört auch mein nächstes Buch:
Dem Himmel so nah'!!
Entdeckungen und Erlebnisse auf unseren Traumschiffreisen.
Mit diesem aufregenden und doch so lustigen Sommererlebnis möchte ich nun meine kleine Hobbyautoren-Biografie schließen.